오롯이 그곳에

오롯이 그곳에

변미진 지음

좋은땅

나의 작은 이야기

처음에는 문장을 적어 내려가고 책을 써 내려갈 것이라는 미래에 대한 길고 긴 생각이 없었다. 여러 종류, 여러 권의 책을 가슴에 품고, 사색을 하고, 생각하는 것들 속을 헤집고 가는 마음의 터널 속을 조금씩 지나가고만 있을 뿐이었다.

라이너 마리아 릴케의 편지처럼 나에게 글을 쓰라고 명령하는 근거를 찾아내어 나에게 맞는 밤의 가장 고요한 시간에 '나는 쓰지 않으면 안 되는가.'라고 나 자신에게 의문을 가졌어야 했는지도 모르겠다.

어쩌면 보잘것없게 보일지도 모르는 나의 이야기는 넓은 세상 속에 내던져질 조그만 소음에 불과하겠지만, 이 작음이 읽고 읽어지는 이에겐 마냥 작지만은 울림으로 남아 주길 조심스레 바라본다.

나의 글을 곁에 두는 어느 누구든 행복과 늘 마주 볼 수 있기를.

정해진 만남만이 꼭 행복을 가져다주는 건 아닐지라도

초록색 공기가 나른하게 퍼져 나가고 있는 한여름의 주말. 응급실을 그만두고, 주말이라는 공간과 시간을 한참 느끼고 있었다. 하지만 주말에 쉰다는 것이 여전히 낯설었다. 누군가에게는 당연한 행복의 권리가 어쩌면 누군가(나)에겐 누릴 수 없는 권리 같았다.

토요일 이른 아침, 잠에서 억지로 깬 후 이불을 뒤적뒤적거리며 아직은 졸린 몸과 눈꺼풀을 이끌고 집 근처 대학로에 있는 카페로 향했다. 그렇게 오롯이 나만의 시간에 기대어 산문집과 함께 혼자의 휴일에 감사함을 넣어 두었다.

맞은편에 앉아 있던 익숙한 그 실루엣의 뒷모습은 옆 동네에 사는 그 아이였고, 그와의 만남은 굳이 약속하지 않아도 꼭 어제 만났던 만남처럼 익숙했다.

평소처럼 이야기를 나누다가 문득 이런 예고와 약속이 정해지지 않은 만남이 여실히 고맙게만 느껴졌다. 한참 아지랑이 곱게

피운 더운 빛이 창밖으로 끝도 없이 아른거리는데, 그 아이는 고맙게도 맞은편 테이블에서 편안히 가려 주고 있었다.

아무것도 아닌 일상 속 크지 않은 행복도, 예고도 없이 찾아오는 만남과 같다. 앞날을 내다볼 수 없는 미래를 걸어가고 있지만 지난날의 마음을 찬찬히 기록하는 중이다.

목차

여행 갈피

계절이 빚어낸 아름다움

여행 갈피

무턱대고 몇 개월이나 한국을 떠나려 했던 건 아니었다. 어쩌면 무려 몇 년을 꿈꿔 왔을 유럽에서 맞닥뜨릴 낭만만을 가득 싣고 떠나려 했다. 정여울 작가님의 『내가 사랑한 유럽』이라는 책은 결국 구입하지 못했다.

어쩌됐든 나는 떠나야 했다. 겸사겸사이긴 했지만 퇴사까지 한 나로서는 더 이상 주춤하고 싶지 않았다. 마지막 근무를 마친 바로 다음 날 새벽 비행기를 타고 나는 떠났으므로 정말 작정을 했던 모양이다.

오로지 내적인 평화와 반복되는 일상의 따분함을 잠시 걷어 두고 싶었던 고집도 있었다. 위험을 감수하고서라도 20대에 지구 반대편의 곳으로 건너가 새로운 시도를 하고 싶었다.

낭만 반 모험 반으로 시작된 나의 유럽 여행은 보잘것없는 나에게 평생 기억될 영구적인 기적을 가져다주었다.

새벽녘을 알리는 거리의 작은 가로등. 동화처럼 내 어깨에 기대 있던 고운 색의 반달. 로마의 햇살 부서져 내리던 플리베리토 숙소. 아침마다 맡았던 예가체프향의 기억은 여전히 이어지고 있다. 남김없이 고마운 순간들이다.

퇴사 후. 아니 어쩌면 퇴사 전부터 늘 꿈만 꾸던 그런 곳으로 도
망가기로 했다. 그때엔 여행이 아닌 도망이라는 단어가 더 적절
했을지도 모르겠다. 20대에 배낭여행이 주는 낭만을 끝도 없이
갈망했다. 여행이 주는 삶의 행복감은 다른 어떤 것과도 비교될
수 없을 만큼 대단했다.

15

나의 첫 번째 유럽은 영국 런던이었다. 도착하자마자 나를 반
겨 줬던 것은 사실 런던의 웅장한 배경과 까칠할 것만 같은 나와
다르게 생긴 영국 사람들이 아닌 대중교통을 타기 위한 어려움이
었다. 한국에서부터 같이 온 여대생 두 명의 도움으로 무사히 지
하철과 기차를 번갈아 타고 미리 예약해 두었던 하이드파크 근처
의 호텔로 향했다. 호텔은 비좁은 편이었지만 둘이 묵기엔 꽤 괜
찮았다. 몇 발자국만 걸어 나가면 '하이드파크'라는 아름다운 공
원이 있었기 때문에 되레 이 좁은 호텔이 고맙게 느껴졌다. 하이
드파크를 위해 하이드파크를 보려고 예약한 호텔이 아니었기 때

문에 이 우연이 가져다준 행복은 영국에 머무는 내내 지속되었다.

아침마다 하이드파크에서 서브웨이 샌드위치를 먹거나, 책을 읽고, 산책을 하곤 했다.
소소하지만 확실하고 확연하게 행복을 느꼈던 날들이었다.

워낙 일교차가 심하고 변덕이 심하기로 유명한 도시이지만 아무래도 좋았다. 사람들 역시 어쩌면 여행 온 동양인에게 조금은 차가울 수도 있겠다는 생각을 했지만 이것은 나의 큰 착각이자 오해였다. 아주 좋은 사람을 만났기 때문이다.

같이 여행 온 친구의 핸드폰 충전기가 고장이 나는 바람에, 열심히 구글링을 해서 한국의 다이소라고 칭해지는 파운드월드라는 곳에서 삼성 핸드폰 충전기를 구매해야 했다. 우리가 묵었던 호텔에서는 거리가 조금 있었지만, 지하철을 타고 다른 곳으로 넘어가는 것에 대한 호기심과 동경이 더 컸던 것 같다. 그렇게 파운드 월드에 도착하고 문 앞에서 여러 가지 물건이 어디에 있는지 알려 주는 직원에게 나는 필요한 것들이 어디에 위치해 있는지 물어봤다. 그 직원은 친절하게도 상품이 위치해 있는 곳을 알려 주었다. 마침 그때 내가 발에 상처를 입고 있었던지라 밴드가 필요했었다. 나는 내 상처투성이의 발을 가리키며, 밴드가 어디에 있는지 묻자 그는 의약품 코너로 나를 데리고 간 후 여기 종류별로 밴드가 있으니 필요한 것을 구매하면 된다고 말해 줬다. 그리고 그는 내 상처 난 발을 걱정 어린 눈으로 쳐다보았다. 연신 나는 그에게 고마움을 몇 차례나 표현했다. 그렇게 매장을 지나다니며 몇 번이나 눈을 마주치고, 결국 그 친절한 직원은 나에게 말을 걸어왔다.

"어디서 왔니? 며칠이나 영국에 머무는 거니?"

그리고 나를 제일 기분 좋게 만들었던 말은 '너와 의사소통하는 데 딱히 어려움이 없어, 너 영어 참 잘한다.' 하며 나를 칭찬해 주었던 그의 따뜻한 말 한마디였다. 그는 내가 조금이라도 대화를 이어 나가려는 듯한 노력이 귀여워 보였던 모양이다. 나는 그 처음 보는 영국인과 대화를 조금이라도 더 하고 싶었다. 몇 분의 시간이었지만, 나는 그가 참 인정 많고 마음이 여린 무엇보다 정말 따스한 사람이라는 걸 알 수 있었다. 유럽 여행 중 기억에 저장된 첫 번째 사람이었다. 나는 그에게 계절이 두 번 바뀌기 전에 다시 영국에 올게요, 하며 그에게 기약 없는 약속을 해 버렸다.

오롯이 그곳에

밀레니엄브리지와 타워브리지 사이에 서 있었다.

3번이나 방문했던 파운드월드 직원은 여전히 친절했고, 내일 나는 파리로 갑니다, 친절히 대해 줘서 고마웠어요, 하고 말한 순간 그는 나를 살며시 안아 주었다.

나는 계절이 두 번 바뀌기 전에 꼭 다시 오겠다고 약속했다.

실내에서 밖으로 나가 보니 산책하기 정말 좋은 온도였고, 여러 나라에서 온 여행객들과 현지인들에게 둘러싸여 나는 샐러드로 끼니를 때웠다. 그냥 '행복했다'.

서둘러 지하철을 타고 템즈 강으로 향했다. 주어진 시간이 하루밖에 남지 않은 나는 흘러가는 시간이 너무도 아까웠다. 손가락 사이로 눈치도 없이 비쳐 오는 금색 노을은 금세 없어질 것만 같았다. 그리곤 하염없이 노을 지는 세인트 폴 성당을 바라보았다. 아름다웠다.

조금 전 맥주집에서 일하던 프랑스 남자는 한국어 번역기를 보여 주며 "여행하는 동안 아름다운 행운을 빌어요."라고 쓰인 아이폰 액정을 내밀던 게 자꾸만 생각났다. 타국에서 받은 감동 그 자체였다. 그의 마음이 수줍게 표현된 마음은 바깥으로도 그대로 비춰졌다. 마음을 누르는 상냥함에 메말라 사라진 따스함이 다시금 피어났다.

행복의 둘레에 갇혀 있음에 감사한 일주일을 보냈다.

오롯이 그곳에

프랑스의 동화 뤽상부르 공원

책을 읽거나 서로의 생각을 공유하고, 잔디에 누워 달달한 낮잠을 청하기도 한다. 그 누구도 간섭하지 않고 그 순간을 즐긴다. 우뚝 솟아 갈라져 있는 나뭇잎 사이로 들어오는 반쪽짜리 볕은 무릎 담요 사이로 비집고 들어온다. 청춘의 품에서 느낄 수 있는 아름다움은 감히 이루 말할 수 없었다. 파란색 체크무늬 돗자리를 펴고 하얀색 운동화를 벗어 놓고 돗자리에 앉아 파리의 고요한 오후를 만끽했다. 공원의 풍경 하나로 나의 부족하고 모자란 마음 한 구석이 채워지는 듯한 느낌이 들었다. 뤽상부르는 최소한 나에게 그랬다.

돗자리 그림자 너머 위로 파스텔톤의 구름이 그림처럼 떠다니고 있었고, 공원은 어머니의 품에 안겨 있는 것처럼 포근하고 부드러웠다.

하늘에 뿌려 놓은 물감 그리고 에펠타워

아름다운 도시 파리의 저녁은 더욱더 낭만적이다. summer time이 적용되고 있는 날들은 해가 늦게, 그것도 한참이나 늦게 진다. 파리 북역에서 택시를 타고 가는 중 키가 190센티미터 정도

나 돼 보이는 긴 기럭지의 늘씬하고 핸섬한 기사분은 입을 멈추지 않고 파리의 summer time에 대해 설명해 주었다. 덕분에 유럽에서 긴 하루를 제대로 즐길 수 있다. 내가 머물렀던 4월은 때마침 summer time이 막 시작되고 있는 행운의 달이었기 때문에, 아침부터 늦은 저녁까지 한나절 동안 아름다움을 감상할 수 있었다. 귓불을 스치는 바람과 따스한 온도를 하루 종일 만끽했다. 무심한 듯 오랜 시간 파리를 지키고 있는 에펠타워. 에펠타워의 사이사이로 여러 색을 섞어 놓은 듯한 하늘 색깔은 덤이다.

1.

한참 하늘과 공기가 봄 마중을 나와 있을 무렵 도망치듯 떠난 유럽에서의 세 번째 종착지는 이탈리아였다. 이탈리아에서의 일정은 영국, 프랑스에서 있었던 일정 중 제일 길었다. 이탈리아에 도착했을 때 새벽에 도착한 덕분에 하늘 위엔 점처럼 수놓은 별들이 쉴 새 없이 반짝거리고 있었다. 평소 같았으면 비행기에서 내리자마자 밀려오는 피곤함으로 공항에서 대기하는 시간이 힘겨웠을 터인데 그날만은 달랐다. 깨끗한 하늘 위 비춰 오는 별들로 두 눈 가득 아름다움은 배가 되었다. 낭만적이었다.

2.

베네치아의 숙소는 들어가는 길이 꽤나 복잡스러웠다. 아무렴 어떨까 싶었지만, 양손 가득한 짐은 나를 더욱 힘들게 했다. 메스트레역 숙소에 도착해 서둘러 짐을 풀고 얼른 산타루치아역으로 데려다 주는 기차를 탔다. 내가 묵었던 호텔은 본섬에 위치한 산타루치아역이 아닌, 메스트레역이었다. 본섬에서 묵지 못한 아쉬운 점도 있었지만, 기차를 타고 두 정거장만 들어가면 산타루치 아역이었기 때문에 '내일 일어나면 본섬으로 가야지.' 하는 설렘과 긴장감을 공유하며 잠을 이루었던 것 같다. 또한 낭만적이었다.

베네치아는 로마 피렌체와 달리 '바다의 호수'인 석호 위에 세워진 물의 도시이다. 118개의 섬이 400여 개의 다리로 이어져 있고, 150개의 운하가 있다. 미로 같은 복잡한 길, 비밀스러운 곳으로 향하는 듯한 수로, 수로를 따라 물방울 떨어지듯 미끄러져 가는 곤돌라, 강줄기 사이사이 걸쳐 있는 빨랫감, 흥얼거리는 아름다운 노랫소리. 모든 것들은 로맨틱한 분위기를 연출하기에 벅찼다. 내 시야에 있는 이 아름다운 것들이 달콤한 꿈에 빠져 눈앞에서 신기루처럼 사라지는 건 아닌지 조마조마했다. 어쩌면 그래서 더 베네치아가 애틋했을지도 모르겠다. 역시나 낭만적이었다.

3.

로마로 가는 중에 길을 잃었다. 올 것이 왔다고 생각했다. 내 나이 또래 정도 돼 보이는 검정 백팩을 맨 그는 나의 이딸로 기차표를 보고 어느 섹션으로 가야 하는지 자세히도 알려 주었다. 내가 먼저 물어본 것도 아니었다. 기차표를 들고 아무도 서 있지 않은 엉뚱한 곳에서 방황하고 있는 나의 바보 같은 모습을 보고 그가

먼저 다가왔었다.(하필 또 굉장히 잘생겼었다. 왜 그러는 거야 도
대체. 처음 보는 사람과 사랑에 빠질 순 없잖아. 게다가 다른 나라
사람이라고) 아주 잠시 영화 비포 선라이즈를 생각했다. 하지만
그건 영화일 뿐이었다. 완벽하지 않은 영어 실력을 어찌저찌 발
휘해 가며 그와 굿바이 인사를 했다. 바로 정신을 차렸다. 낭만의
끝은 비련의 여주인공으로 끝난다고 했다.

오롯이 그곳에

스위스에선 되도록이면 오래 있다 가기로 했다. 한국에 2주가
안되는 며칠을 머물렀다가 무작정 다시 온 유럽이었다.

그린델발트로 가기 위한 환승역에서 기차를 또다시 기다렸다.
기차에 올라타고, 창밖으로 펼쳐지는 풍경들의 민낯이 심각하게
아름다웠다. 깨끗하고 영롱한 하얀 산맥 위에 무심한 듯 지나쳐
버리는 운무. 여기 사는 사람들은 지구가 이렇게 생긴 줄 알 거야,
하며 한참이나 풍경에 빠져 기차 안에서 두 눈에 이 아름다움을
담고 또 담았다.

그린델발트 호텔 앞엔 3,814m의 아이거 산이 있었다. 깨끗하고
청정한 공기를 무료로 마셨다. 한국에선 친구들이 미세먼지가 심
하다며 부러움 섞인 메신저를 보내 왔다.

오
롯
이

그
곳
에

인터라켄과 그린델발트 근처에는 꽤나 많은 산맥들이 즐비하게 채워져 있다. 높은 산이 많다 보니 공기도 깨끗했고, 피로해진 각막도, 눈의 피로를 덜어 주는 초록 빛깔들 덕분에 한결 가벼워졌다. 호텔에 도착하자마자 피곤한 나를 채워 주었던 것도 청아한 새소리와 맑은 햇살이었다. 오전이 훌쩍 넘은 시간이었음에도 불구하고 이른 새벽에 들려오는 듯한 새들의 대화는 끝날 줄 몰랐다.

비싸기로 유명한 스위스 물가 덕분에 Coop에서 장을 봐 가며 끼니를 해결해야 했다. 그리고 이곳에서 굉장히 특별한 인연을 만났다. 인터라켄까지 가는 기차 안에서 만났던 커플이었는데, 나에게 사진 촬영을 부탁했던 커플이었다. 그들의 사진기에 예쁘

게 모습을 담아 주고 몇 마
디 대화를 나누고 헤어졌
었는데 인터라켄이 아닌
그린델발트에서 그들을 다
시 만날 줄은 몰랐다.

"그린델발트에서 며칠이
나 묵을 예정이에요?"

"다섯 밤 묵을 예정이에
요. 얼마나 있어요?"

"우린 오늘 당일로 있다가 다시 인터라켄으로 돌아가요."

나는 Coop 앞에 묶여 있던 흰색 강아지를 예뻐해 주고 있었다.
그들도 강아지를 보고 있었고 그때 나를 만났던 것이다. 우린 피
부색도 다르고 눈동자 색 그리고 생김새, 심지어 언어까지 다른
나라의 사람들이었지만 여행을 하고 있다는 공통점 하나로 대화
를 매끄럽게 이어 갈 수 있었다. 각국에 사는 다른 나라의 사람들
과 대화를 나누며 잠시라도 친구가 될 수 있다는 건 여행을 하며
최고로 꼽을 수 있는 행복이자 끝없는 여운이다.

Coop에서 먹을거리를 양손 가득 사들고선 마지막 인사를 나
누고 이제 다시는 그들을 볼 수 없었다.

34

떼르미니역에서 15분 거리에 있었던 아파트먼트 형식의 호텔 보금자리, 그러니까 내가 묵었던 플리베르토에는 세계 여러 곳곳에서 온 여행자들을 위한 방명록이 있다. 앞장으로 갈수록 영어, 중국어, 스페인어 등의 다양한 언어로 글들이 기록되어 있고, 한국 사람으로선 내가 세 번째였다. 아침마다 나와 조식을 같이 먹었던 호주 부부와, 미국 모델 동생도 여기에 기록을 남기고 떠났을 것 같다. 한참 몸도 마음도 지쳤을 때 떠났던 배낭여행이라 모든 게 결핍되어 있었던 나를 배려해 주고 인정해 주고 알아봐 준 세계 곳곳의 친구들. 어디서든 각자의 자리에서 치열하지만 또 행복하게 지내고 있기를. 그리고 겨울에 다시 떠날 유럽에서 다시 만날 수 있기를.

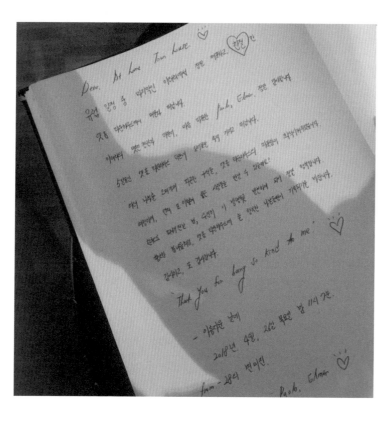

유난히 온도가 낮았던 런던의 어느 날. 발뒤꿈치와 발가락이 심하게 까져 걷기조차 힘든 오후를 저는 간신히 걷고 있었습니다. 그 바로 전날, 한껏 꾸미고 타워브리지를 한참이나 돌아다닌 탓에 발에서도 피곤함을 느꼈었던 모양이에요. 처음 와 보는 낯선 도시가 그날따라 더 낯설게 느껴졌어요. 평소에는 잘도 보이던 약국이 왜 그날따라 제 눈엔 보이지 않았던 걸까요. 발가락 곳곳에 묻어 있는 피딱지를 간신히 닦아 내고, 홀랜드역 근처를 돌아다니다 한국의 다이소라 불리는 파운드 월드를 찾아 들어갔어요. 매장이 얼마나 컸던지 원하는 밴드를 찾기가 어려웠어요. 그때 윌리엄, 그러니까 당신에게 다가가 저는 bandage가 어디 있는지 물어보았죠. 당신은 내 상황을 직감한 듯 얼른 밴드가 어디 있는지 알려 주었어요. "너 괜찮니? 발은 어쩌다 그렇게 다친 거니?" 하며 저를 위로하며 계산대까지 친절하게 저를 안내했어요.

저는 너무나 고마웠어요.

그 이후로도 저는 제가 묵고 있는 하이드파크 호텔에 근접한 생필품점은 뒤로하고, 지하철로 두어 번이나 갈아타야만 갈 수 있는 홀랜드파크역에 있는 파운드 월드로 찾아갔어요. 너무도 인상적이었던 당신의 친절을 쉽사리 잊지 못해 당신과 좀 더 친해지고 싶었거든요. 동양인을 기피하는 영국에서 동양인 여행객인 저에게 깊은 친절을 베푼 것도 어떻게 보면 마냥 쉽지만은 않은 일이라고 생각했어요. 이틀 전 런던의 어느 맥주집에서 여권 없는 동양인은 안 받는다며 나가라는 소리를 들었었거든요. 그 와중에 만난 당신의 상냥한 미소에 그 전에 들었던 속상한 말이 기억조차 나지 않을 정도로 머릿속에서 하얗게 제거되었어요.

파리로 넘어가기 전날, "내일 나는 파리로 갑니다. 며칠 동안 친절히 대해 줘서 고마웠어요."라고 말한 순간 저를 살며시 안아 주었지요. 그리고 난 후 "미진, 너와 의사소통하는 데 큰 어려움이 없네. 너 영어 참 잘하는구나."라고 했잖아요. 정말 제가 영어를 잘해서 그렇게 말했겠어요. 제가 열심히 의사소통하려는 외국인인 나의 모습이 당신 눈엔 기특하고 귀여워 보였겠지요. 꼭 한국어로 의사소통하는 것 마냥 편안하고 당신의 악센트 센 영국 영어가 저의 귀엔 참 부드럽고 예쁘게 들렸습니다. 저는 계절이 두 번 바뀌기 전에 꼭 다시 오겠다고 약속했지만 한국으로 돌아온 후 계절이 세 번 바뀌어 가는데, 아직도 그 약속은 지키지 못하고 있어요. 그렇게 현실에 치여 차차 여행의 기억을 잊고 살아갈 즈음 엊그제, 당신에게서 한 장의 엽서가 도착했어요. 생각지도 못한 몇 줄의 글을 받고 저는 왈칵 감동이 쏟아졌습니다. 당신의 진심이 묻어 있는 엽서 덕분에 퇴근 후 끝도 없이 밀려오는 피로감이 싹 씻겨 내려가는 기분이었습니다. 이런 기분은 느껴보지 못한 사람은 절대 알지 못할 거예요.

오롯이 그곳에

　기차에서 잘못 내린 건 행복의 시작이었다. 열차 강국인 스위스에서 종착지를 착각해 중간 역에서 내려야 했는데, 내리자마자 날 반겨 준 건 듬성듬성 엮여 있는 풀 가지와 바람결 사이 나부끼듯 위태로이 꽂혀 있는 스위스 국기, 살짝 옅게 드리운 하얀 안개 그리고 트레킹 중 쉬어 가는 노부부였다. 노부부는 나에게 괜찮다며 다른 기차를 타라고 위로해 주었고, 여기서 같이 쉬어 가라고 무언의 손짓을 보냈다.

유럽의 여러 도시에서 마주쳤던 풍경들은 오랜 시간이 지나도 잊을 수 없을 것 같다. 나의 눈에 별빛이 반사되어 각인됐던 깨끗한 하늘은 나의 기분을 한층 고조시키게 했다. 나그네 여행자의 기분이란 이런 것이구나. 어깨가 으쓱해지고 설렘 가득으로 가슴이 울렁거렸다.

그곳의 사람들에겐 아무렇지도 않은 늘 반복되는 이런 하늘과 그림자가 지금 나 같은 이방인에겐 함부로 싱숭생숭한 마음만 가져다주었다.

　완벽하게 치유되지 않은 몸 상태임에도 불구하고 여행을 와 버렸다. 지금은 오사카역을 향하고 있는 강가 위의 지하철 안이다. 응급실에서 근무할 적 지속되는 밤샘 근무와 수십 명의 독감 환자를 돌볼 때도 그 흔한 감기 한번 걸린 적이 없는데, 이번엔 무슨 일인지 들끓는 고열과 근육통에 한 이틀은 곤혹을 치렀다. 비행기를 취소해야 하나 하는 마음이 출발하기 직전까지도 자리 잡고 있었는데, 비행기를 타고 다시금 밖으로 나오고 싶은 갈망이 더 커 버렸다. 기나긴 유럽 여행에 비하면 터무니없이 짧은 시간의 여행이겠지만, 여행하는 동안은 시간이 거꾸로 갔으면 좋겠다. 말도 안 되는 상상이다.

　그것이 말도 안 되는 상상이라면 꽃 같은 봄의 시간이 여행에서만큼은 조금 느리게 무르익어 갔으면 좋겠다. 그리고 지금은 우중충한 날씨가 걷히고 주황색 노을이 비춰 오고 있다.

　선명한 저녁노을이다.

시차가 아주 조금 다른 이곳에서, 하루가 어떻게 흘러갔는지 제대로 알지도 못한 채, 시간의 흐름 속에 맡겼던 며칠의 기록을 가지고 다시 내가 나고 자란 땅으로 돌아간다. 그 변덕스런 날씨를 자랑하는 타이베이에서는 비 한 방울 내리지 않아 나의 옷을 빗물로 젖지 않게 해 주었고, 단수이에서 봤던 선물 같은 일몰은 내가 앞으로 더 열심히 살아갈 수 있는 자그마한 뭉클한 마음을 가져다주었고, 진리대학교와 담강중학교의 아름다운 길목에선 10년 전 그 교복 입던 소녀의 마음을 울렸던 영화 속 장면을 그대로 가져다주었다. 처음 올라가 본 샹산에선 이제 갓 20살이 된다는 한국인 동생을 만나 서로 사진을 남겨 줬다. 그리고 그 아이는 나에게 긴 여운을 남겨 줬다.

아름다운 섬나라에서 기록하는 마지막 조각거리.

계절이 빚어낸 아름다움

수채화 휘감아 놓은 듯한 노을
차량의 불빛이 아스팔트위로 이지러지는 시간

1.

두꺼운 이불 밖으로 나와도 춥지 않은 날씨이다. 아침에 일어나는 일은 여전히 힘이 들지만 고작 몇 분이지만 부지런 떨며 서둘러 일찍 나가는 시간은 그 어떤 시간보다 고귀하다.

2.

버스를 타러 가는 길거리엔 꽃가루가 떨어져 있고, 꽃은 떨어져도 예쁘네 하며 걸어가는 길목 사이로 작은 고양이 한 마리가 지그시 나를 바라본다.

'미안하지만 나에겐 먹을 것이 없어.'

3.

버스에서 보이는 계절의 부드러운 민낯과 작은 틈새를 비집고 들어오는 볕은 오직 아침에만 누릴 수 있는 행복이다. 신호등에서 잠시 대기 중인 버스 창문 밖으로 보이는 스타벅스 바리스타의 손길이 분주하다.

4.

퇴근 후 집에서의 아늑함과 휴식을 기대하며 걸어가는 발걸음
이 온종일 디딘 걸음 중 제일 가볍다.

5.

시간이 나를 끌어당겨 시간에게 이끌려 가는 것인지, 아니면
내가 시간을 쫓아 하루를 보내는 것인지, 하루하루가 다른 날들
이겠지만, 뜯어도 뜯어도 매일 포장해서 다시 가져다주는 '하루'
라는 선물을 허투루 쓰지 않아야겠다.

봄기운이 완연하게 서려 오는 어여쁜 계절에 글을 쓸 수 있음에 감사하다. 지난겨울은 그리 춥지 않았음에도 불구하고 봄이 그토록이나 기다려졌다. 옷이 얇아지고 해가 길어졌음을 감지하는 순간 봄이 조심스레 찾아왔음을 느낄 수 있다.

일 년 중 며칠만 피고 지는 그 분홍 꽃은 반복되는 4월의 그날처럼 집 앞에 봉우리를 틀고 고개를 내밀고 있다. 벚꽃과 더불어 같이 엮여 있는 목련과 수선화는 덤이다.

벚꽃나무 사이로 서로 사진을 찍어 주는 교복 입은 앳된 얼굴의 학생들은 너무나도 예쁘다.

봄의 햇빛은 소나기처럼 쏟아지며 창문의 투명한 막을 찢고 잘게 부서져 내린다. 햇살이 내리는 시간 사이로 불어오는 산들바람 곁에 앉아 있으면 그 어떠한 것도 부럽지 않다.

춘곤증이라는 단어가 무색할 만큼 봄의 시간엔 늘 깨어 있고 싶다. 10도와 20도 사이의 완벽한 온도를 두고 다른 쓸데없는 곳에 시간을 소비하고 싶지 않다.

내일은 얼마나 예쁜 하루가 여물어 갈까. 궁금하다.

계절이 빚어 낸 아름다움은 누구든 설레게 한다. 손등이 트는 계절이 지나가면 여러 종류의 꽃들은 새삼스레 봄 마중을 나와 있을 것이다.

미국계 시인 T.S. 엘리엇은 황무지라는 시에서 4월은 가장 잔인한 달이라고 했지만 나는 보랏빛 라일락과 며칠만 피고 지는 벚꽃을 생각하니 벌써부터 마음이 설렌다. 사실 T.S. 엘리엇이 그의 시 황무지에서 '죽은 땅에서 라일락을 키워 내고, 기억과 욕망에 뒤섞고 봄비로 뿌리를 뒤흔든다. 겨울은 따뜻했었다. 대지를 망각의 눈으로 덮어 주고 가냘픈 목숨을 마른 구근으로 먹여 살려주었다.'라고 표현한 것은 그 시대의 정치적 변수나, 정치가들의 구속, 경제적 침체 현상들이 집중적으로 발생하였기 때문에, 겨울이 따뜻했었다고 역설적으로 표현했을 것이다.

집 앞 중학교에 꽃나무 사이를 가로지르는 버스정류장에서 버스를 기다릴 것을 생각하니 벌써부터 설렘이 마음을 짓누른다.

4월이 오면 또 4월은 지나간다.

오월의 담장(기다림의 미학)

진달래며 벚꽃이며 수선화며 봄에 피는 꽃은 기나긴 추위를 이겨 내고 선사해 주는 특별한 선물과도 같아요. 지금은 오월이 되었으니 사월의 벚꽃은 모두 지고 바깥 건물 앞엔 장미가 수줍게 고개를 내밀고 있습니다. 초록 줄기와 연결되어 있는 빨간색의 장미 꽃잎이 아름다워요.

오월은 감사함을 전하는 날이 많은 달이기도 하니, 사랑하는 사람들에게 차츰 꽃 선물을 해야겠어요. 꽃은 시간이 지나면 시들기 마련이지만 시듦을 넘어선 어여쁜 잔상이 더 오래토록 가슴에 남는 것 같습니다. 그래서 감사한 마음과 사랑하는 마음을 꽃에 담아 안겨 주는 거겠죠. 몇 년 전 순수한 노동의 대가로 받은 첫 월급을 받고 어머니께 큰 꽃바구니와 월급이 통째로 담긴 현금 봉투를 선물로 드렸었던 기억이 납니다. 꽃바구니에 담겨 있던 꽃은 당연히 시들어 없어졌지만 어머니와 저의 기억엔 여전히 그대로 남아 있어요. 누군가가 아름다운 기억은 오래도록 기억된다고 했습니다.

요샌 일을 마치고 집에 오는 길이 행복해요. 건강하게 흔들리고 있는 기둥 앞 장미꽃들이 퇴근의 노곤함을 그대로 흡수시켜 주거든요.

잠깐만 시간이 오월에 멈췄으면 좋겠어요.

오롯이 그곳에

두 번 바뀐 계절, 여섯 장 찢긴 달력, 바뀌어 버린 해, 어떤 마음
가짐이었는지 어떤 생각이 들었는지는 모르겠지만 이미 저기 밑
으로 낙하해 버린 그 사람과의 대화창을 클릭하여 두 엄지손가락
을 분주하게 움직여 댔다. 흔하디흔한 인사와 그동안 잘 지냈냐
는 안부, 왜 연락을 했는지에 대한 이유를 마구잡이로 뒤섞어 나
도 모르게 전송 버튼을 눌렀다. 30여 분이 지난 후 1이라는 수신
확인 숫자가 사라지고, 몇 분 아니면 적어도 한 시간 안에는 답장
이 올 거라고 생각했던 나의 생각은 착각으로 바뀌어 버렸다. 핸
드폰을 자꾸 확인하면서 오지도 않은 답장을 수시로 확인하느니
카카오톡 알림 허용 버튼을 off로 바꾸어 버리는 게 낫다고 생각
했다. 속상해하는 나를 보며 친구는 그러게 왜 보냈냐고 잔소리
를 해댔다. 마음 한편에 힘들게 자리 잡고 있는 아픔과 허무함을
머리와 함께 베개에 눌러 담았다. 이불을 머리끝까지 뒤집어 쓴
채 억지로 잠에 들기 위해 애썼다. 잠이 오지 않았다. 다음 날도

쉬는 날이었기 때문에 충분히 늦잠을 자도 됐었지만 새벽 5시 21분에 잠에서 깼다. 핸드폰부터 확인했다. 친구의 카톡과 그의 카톡이 나란히 줄지어 순서대로 와 있었다. 떨리는 마음과 함께 그에게서 온 카톡을 열었다.

"잘 지내나요 누나."로 시작된 그의 답장은 길게도 와 있었다.

졸업 전 한 끼 하자는 약속도 못 지키고 서울로 훌쩍 와 버렸다는 내용과 아직 좋은 곳에 취업하지 못했다는 소식 그래서 나에게 떳떳하지 못하다는 내용. 어쩌다 보니 새벽에 연락하게 되어 미안하다는 내용과 비가 오지만 산뜻한 마음으로 하루를 시작하자는 내용. 그리고 행복하게 지내자는 마지막 한 줄은 나의 마음을 소란스러움으로 밀쳐냈다. 행복하자요 우리, 라는 말은 같이 둘이 함께여서 행복하자는 행복이 아닌, 앞으로 각자의 삶에서 행복하자는 말이었다. 문장의 끝에 우리라는 단어만 초라하게 붙어 있을 뿐이었다.

마지막 만남 후의 그 몇 개월 동안 나는 어쩌면 아무렇지도 않게 잘 지내고 있었는데, 문득 생각 난 어리석음이 그의 온전한 하루를 망치진 않았을지 걱정됐다. 그에게 미안했다. 그리고 오랜만에 마음이 아팠다. 감정은 내 마음대로 지휘하지 못하므로 그냥 이 감정을 가지고 살아가야 했다. 며칠 뒤면 괜찮아지겠지 하는 위로는 더 이상 통하지 않았지만 그렇게라도 나 자신을 위로해야 했다. 그렇지 않으면 우리가 있던 순간이 또 그림자처럼 나를 따라다닐 것이다. 그러니 기다려야 했다. 인간은 망각의 동물이다. 이틀이면 기억의 76%까지도 잊어버릴 수 있다고 했다. 그러니 내일이나 모레에는 더 많이 망각되어 있을 것이다. 마음의 무거운 돌덩이가 하나 무겁게 자리 잡고 있는 것 같았지만 다정한 그의 따듯한 답장은 너무나 고마웠다. 그러니 그가 정말 잘 지냈으면 좋겠다.

그리고 지금은 새로운 사랑을 하고 있는 그가 진심으로 행복했으면 좋겠다. 행복하자 우리.

봄이고도 봄의 어느 날

오롯이 그곳에

1.

시간은 상대적이니 봄의 시간이 조금만 느리게 갔으면 좋겠다고 생각했다.

2.

하루가 아름답게 조각되는 퍼즐을 맞추며 걷는 시간은 너무나 감사하다.

3.

아주 조금 더 사소한 것에 아름다움을 간직할 수 있는 사람이 되어야겠다.

엊그젠 옆 컴퓨터 자리에서 처방을 내고 있던 여자 레지던트 선생님이 충혈된 눈으로 안경을 올리며 나에게 "요즘은 바깥 날씨가 어때요? 6일 동안 병원에서 당직 서고 일하느라 밖을 보지도 못했거든요." 하는데 괜시리 미안하고 안쓰러워서 주머니에서 내가 아끼는 젤리를 선생님 손에 쥐여 주며 작은 위로를 건넸다.

그렇게 출근길과 퇴근길에 따듯함과 서늘함이 공존하는 걸 보니 이제는 정말 초봄이 올 것 같다.

－ 2018년 2월 26일의 병원 탈의실에서의 기록

오
롯
이
그
곳
에

3월이 되면 어지간히 아름다운 꽃도 피고 대학교 캠퍼스 안엔 싱그러움으로 가득하겠지요. 이제 막 20살이 된 그대들은 얼마나 설레는 가슴을 안고 캠퍼스를 누비며 다닐까요.

'학창시절'이라는 단어는 언제 들어도 애틋하며 소중한 단어입니다. 가끔은 A, B, C가 질서도 없이 난무하게 섞여 있는 성적표를 보며 레드오션 속에 허우적댈지도 모르겠어요. 저 또한 그랬거든요. 하지만 그건 아무것도 아니에요. 되레 지금 돌이켜보면 그때 왜 더 그 순간을 즐기지 못했는지 후회가 더 클 뿐이에요. 그러니 열등감을 가지고 있을 필요도 없고, 본인의 페이스대로 하루하루를 열심히 그리고 조금 더 치열하게 살아갔으면 좋겠어요. 그렇다고 공부를 열심히 하지 말라는 의미는 절대 아니에요. 공부도 그리고 그 시절에 하지 못하면 나중엔 더 어려워질 것들을 더 많이 경험해 보고 누려 보라고 감히 말해 주고 싶어요. 미친 듯이 아르바이트를 해서 본인이 땀 흘려 번 돈으로 세계를 누비며 홀로 배낭여행을 떠나도 좋고, 운명의 상대를 만난 것처럼 가슴 떨리는 연애를 해 보는 것도 좋아요. 나중에 직장에 들어가면 시간은 절대적으로 많지 않아요. 인생에서 결코 다시 돌아오지 않는 시간입니다.

그러니 인생에서 제일 아름다운 시기를 제일 아름답게 보내 보길 바라요.

조심스레 스며들기
좋은 곳 그리고 그런 날

코끝의 향이 여름 향이 아닌 것 같은 날이다. 외출 후 집에 들어와서 바로 샤워를 하지 않아도 꿉꿉하지가 않았다. 그리고 이 계절은 또 조심스레 누군가에게 대화를 시도했다. 한 계절이 가고 또 한 계절이 오고 있으니 새로운 계절을 맞을 준비를 하라고.

실랑이는 마음을 간신히 부여잡고 가을의 시간은 내 마음대로 엷어지지가 않아 마음에서 단단히 큰일이 난 것 같다. 그러니 조금 더 예쁜 것들을 눈에 소중히 담아야겠다.

예쁜 날.

늦겨울과 초봄 사이의 볕 덕분에 긴 머리칼이 따듯했던 어느 날, 곧 봄이 찾아온다는 설렘에 젖어 온전히 다른 생각을 했었습니다. 카페에선 수많은 흔적을 남겼었는데, 애석하게도 같이 있었던 순간순간이 떠올라 전 잠시 동안 너무나 힘이 들었어요. 미래는 어떻게 될지 모르니 그때까지 내가 기다린다고 했었지요. 이제 그 약속은 유효하지도 않고 나의 감정은 겨울에 떨어져 밟힌 나무의 잎처럼 바스라지고 없어져 버렸지만, 아주 오랜 시간이 지나도 잠시 스쳐 지나가듯 우연스레 생각이 날 것 같습니다. 병원을 옮기고 적응하기 어려워 부렸던 투정들, 어루만져 주고 감싸 줘서 고마웠어요. 덕분에 긴긴 가을이 아주 편안하게 지나가 버렸어요.

1.

카메라 빛에 우연스레 굴절되어 찍힌 작은 볕

2.

덥지도 춥지도 않은 남방 하나 걸치기에 좋은 온도. 오른쪽 소
매 끝에서 달랑대는 아끼는 체크남방의 조그만 단추를 서둘러 바
느질해야겠다. 이 낮이 저물어 버리기 전에.

3.

제일 동경하는 시간.

오롯이 그곳에

　신발끈은 조금 느슨하게 묶고, 끈이 풀린 줄도 모른 채 조심스
런 발걸음을 재촉하다 보니 가을 갈피의 마지막 페이지가 넘어가
고 있었다.

쉼
표

그림자 속에 영롱함은 연거푸 쏟아지는 것 같은 기다림을 안
고, 계절은 쏜살같이 뛰어가고 있다. 작년보다 올해의 365일 시속
은 조금 더 빨라졌고, 마음의 시간은 더 느려진 것 같아 속상한 마
음이 들었다. 그래도 한 가지 다행인 건 훗날 보게 될 이곳의 활자
들은 쉼 없이 촘촘히 채워지는 것 같아 기쁘다. 앞으로 얼마나 더
기뻐야 할까.

오
롯
이
그
곳
에

삭막하지 않은 어쩌면

응급실에 있었다. 응급실 소속 간호사가 되었다. 학생 때 생각
했던 드라마에서나 나올 법한 바쁘고 분주한 공간에서 일하게 됨
이 설레기도 했지만 설렘은 설렘으로만 끝나 버린다고 했다.

내가 응급실에서 일하던 1년 남짓의 짧은 시간 동안 나는 생명
의 끈을 놓지 않으려 고군분투하는 사람들의 인생을 감히 들여다
보곤 했었다. 2017년 12월 25일 유난히도 세상이 하얗던 그날, 난
여느 때처럼 복숭아뼈까지 쌓인 눈을 지끈지끈 밟으며 병원으로
향했다. 그때 나는 인생에서 절대 잊지 못할 환자를 만나게 되었
다. 지금 글을 쓰고 있는 지금 순간에도 그때를 생각하면 아찔하
다. 달력에 빨간색으로 칠해져 있는 날은 응급실이 포화 상태가
되는 날이다. 모두가 행복한 하루를 맞이하는 크리스마스가 응급
실에서 일하는 사람들에겐 어쩌면 곤욕의 날인 셈이다. 출근하자

마자 역시나 응급실은 환자로 붐볐고, 인계를 할 새도 없이 나는 바로 인력에 투입되었다.

　한 할아버지 환자는 당장이라도 숨이 넘어갈 것같이 힘들어 하셨지만, 더 이상 베드가 없었다. 다행히 하나 남아 있는 응급구역에 할아버지를 눕혔지만 일단 순서를 기다려야 하는 상황이었기 때문에 할아버지에겐 아무 처치도 해 드릴 수가 없었다. 그저 하염없이 기다리는 일이 우선이었을 할아버지에게 그나마 해 드렸던 일은 Saturation(산소포화도)을 손가락에 연결해 드리는 일뿐이었다. 할아버지는 점점 힘들어하셨지만 우리는 너무도 바쁜 상황이었기 때문에 할아버지만 보고 있을 수는 없었다.

　다른 환자를 보고 난 후 처방을 보기 위해 컴퓨터 자리에 앉으려 하던 찰나, 응급구역에 누워 있는 할아버지가 이상하다는 것을 본능적으로 자각했다. 1년 차 초보 간호사가 이상함을 감지한 건 어쩌면 다행이었을지도 모른다. 순식간에 산소포화도 농도는 쉴 새 없이 바닥으로 치닫기 시작했다. 나는 할아버지가 이상하다고 소리를 질렀다. 바로 심폐소생술을 준비했다. 일하는 사람 모두 할아버지를 위해 달려왔고 즉시 심폐소생을 시작했다. 할아버지는 다행히 소생하셨지만, 다른 병원으로 전원을 가야 하는 상황이었기 때문에 일단 해 드릴 수 있는 모든 의료 처치는 해 드린 후 전원 갈 병원을 찾고 기다리기로 했다. 다행히 할아버지는 다른 병원으로 무사히 전원을 가셨고, 그 이후로 나는 당연히 할아버지가 어떤 결과를 얻었는지는 알지 못한다. 겁에 질린 어린 손자는 "떡을 먹다 할아버지가 체한 줄로만 알았어요."하며 할아버지 곁을 떠나지 못했다. 할아버지는 생과 사의 갈림길에서 생으로 기울어지셨고, 어쩌면 다시 소생한 생은 꼭 할아버지에겐 다시는 바꿀 수 없는 크리스마스 선물이었을 것이라 생각한다. 그때 내가 간호 처방을 보기 위해 할아버지가 보이는 응급구역 근처에 앉지 않았다면 하는 생각은 아직도 나를 아찔하게 만든다.

지금 나는 응급실이 아닌 다른 대학 병원의 다른 과 간호사가 되어 있지만, 가로등이 켜지고 해가 기울어지는 모두가 퇴근하는 늦은 밤. 몇 대의 119가 즐비하게 서 있는 응급실을 지나칠 때면 마음이 쿵 내려앉는다. 투박한 글씨체로 빨간 바탕의 응급구역센터라고 칠해져 있는 간판은 어쩌면 그리 삭막하지만은 않은 것 같다.

　20살 때 입시에 실패한 후 간호학을 전공하고 싶어 다니던 학과를 그만두고 간호학과에 재입학했다. 그렇게나 간호사가 되고 싶었는데 방대한 공부 양과 1,000시간이 넘는 실습 시간으로 방학도 없이 4년을 보낸 후 국가고시 시험에도 한 번 떨어진 후(이제는 부끄러움으로 생각하지 않으려 한다) 아픔으로 1년을 보낼 땐 간호사에 대한 갈망이 조금씩 사그라지기도 했다. 그래도 면허증을 받고 나니 나름대로 간호사에 대한 자부심이 생겼다. 하지만 병원에 취업을 하고 처음으로 간 응급실은 그렇게 호락호락하지만은 않았다. 차가운 공기와 버팀으로 채워질 공간이 사실 그렇게 호감이 가지는 않았다. 심폐소생술을 하는 공간인 응급구역과 네모진 각으로 잡혀 트리아제로 구분된 공간은 병원에 대해 익숙하지 못한 나에게 꽤나 두려움으로 다가왔다. 그래도 잘 해내고 싶었다. 그렇게 원하던 간호사가 되었으니 충분히 해내리라

믿었지만 프리셉터 선배 간호사로부터 독립한 첫날, 그 믿음은 처참히 무너져 버렸다. 아니 산산조각이 나 버렸다.

첫날부터 꽤 중증의 상태로 119에 실려 온 응급 환자. Semicoma(통증 자극에 대한 도피운동이나 다소라도 순응성의 움직임을 나타내며, 또한 자극이나 흔들어 움직이게 함으로서 같은 반응을 나타낸다. 부르는 데 대해서 신음소리 등을 낸다. 반사는 유지되나 통상은 실금상태이다. 출처: 간호학 대사전) 상태로 도착한 환자는 대소변도 가리지 못한 채 동공도 풀려 정신을 차리지 못했다. 얼음장마냥 얼어 버린 나는 아무것도 못한 채 멍하니 환자를 바라보고만 있었다.

"바이탈 사인 체크 안 하고 뭐해? 얼른 환자 옷 갈아입히고, 라인 달 준비해. 환자 넘어가게 둘 거야?"

몇 발자국 근처에 서 계시던 선생님은 얼른 내가 무슨 일이라도 해 주길 바라셨다. 얼른 환자를 위해 무언가라도 해야만 했다. 부들거리는 손으로 18G vinca를 들고 환자의 정맥을 여러 번 찔러댔다. 능숙하지 못한 나는 몇 번이나 실패를 했고 보다 못한 고년차 선생님의 도움으로 환자에게 수액을 주입하고 채혈을 할 수 있었다. 환자는 바이탈 사인도 자꾸만 흔들렸고, 중환자실로 올라가야 할 상태가 되었다. 중환자실에 올라가기 전까지 응급실에서 행해야 했던 수많은 검사들을 내가 어떻게 수행했는지는 아직도 정확히 기억이 나지는 않는다. 그만큼 혼란스러웠던 시간을 보냈다는 뜻이었다.

환자를 무사히 중환자실로 보내고, 어느 때보다 긴 새벽을 보낸 후 아침에 너덜너덜해진 몸과 마음을 간신히 부여잡고 아무도 없는 탈의실에 털썩 주저앉아 한참이나 눈물을 흘렸다. 내가 생각했던 간호사는 이게 아닌데. 엄청난 괴리감과 함께 떨어지는 눈물은 주체할 수 없이 흘러내렸다. 총무과에 제출하기 위해 가져왔던 투명파일 속 빳빳하게 꽂혀 있는 변미진 이름으로 발급된 간호사 면허증이 '넌 그것밖에 안 되는 사람이야?'라며 비웃듯 나를 쳐다보는 것 같았다. 물론 독립 후 처음으로 Acting일을 했으니 어려움이 따랐던 것은 어쩌면 당연한 일이었지만, 그래도 내 자신이 너무 부끄러웠다. 몸은 힘들고 피곤했지만 직접적으로 환자에게는 큰 도움을 준 것 없는 하루였다.

"너 이제 졸업했어. 더 이상 학생 아니야."

고년차 선생님의 목소리가 계속 귀에서 울리는 듯했다. 응급한 환자가 왔으니 호통 치며 혼내야 했던 일은 선배 간호사의 입장에서 당연한 일이었다. 당연히 이해해야 했다. 나는 스스로가 정신이 굉장히 강한 사람이라고 생각했는데 이제 막 사회생활에 디딘 발자국이 아가의 발자국처럼 한없이 작아 보였다.

몇 주 정도가 지나고 간성혼수에 빠졌던 응급했던 환자 보호자를 다시 만났다. 외래에 진료를 보러 왔다고 했다. 환자는 반 혼

수 상태였기 때문에 나를 기억하지 못할 것이지만, 보호자는 나를 알아보고 무척이나 반가워했다. 그리고 "고마웠어요."라며 나를 다독였다. 환자에게 큰 도움도 주지 못한 채 지나간 기나긴 새벽녘이라고만 생각했었는데 나에게 감사하다고 해 주는 보호자의 말은 마음의 마름을 적시는 개운하고도 예쁘게 내리는 빗소리처럼 들렸다.

　　다음 날 수술을 받기로 한 그 환자는 일찌감치 병원에 입원했다. 환자의 이름과 얼굴을 잘 기억하는 편인 내가 어쩐된 영문인지 그 남자 환자는 잘 기억이 나지 않았다. 분명히 내가 수술 준비를 도와드렸음에 틀림없을 환자였다. 한창 외래가 붐비는 시간, 환자들 틈새로 시야가 가려 상체 정도밖에 볼 수 없었던 나는 휠체어에 앉은 환자의 하체를 보지 못했다. 나는 그저 그 환자가 힘이 없거나, 다른 곳이 불편해서 휠체어에 앉아 있는 줄로만 알았다. 그가 Amputation(절단) 환자라는 것을 알기 전까지는⋯⋯. 그는 한쪽 다리가 절단된 채 휠체어에 앉아 있었지만, 웃으며 나에게 인사를 건넸고, 수술 전 진료를 기다리고 있었다. 그는 한쪽 다리만 가지고 있음에도 불구하고 양쪽 다리로 걷고 있는 나보다도 훨씬 밝았다. 한참이나 걷고 뛰고 서 있느라 퉁퉁 부은 내 두 다리를 바라보며 두 다리가 건강하게 지탱하고 있는 몸을 가지고 있음에 다시 한번 감사함을 느꼈다.

"오늘 보호자분은 안 오시는 거예요?"

"왔다가 집에 갔어요."

한쪽 다리만 가지고 병동에서 혼자 해야 할 많은 일들이 걱정됐다.

다음 날 당직이었던 나는 해가 구름 사이로 비집고 나오기도 전인 이른 아침에 출근을 했다. 외래에 출근을 해 보니 수술을 앞둔 그 남자 환자는 나보다 일찍 외래에 내려와 있었다.

"안녕하세요. 환자분 식사하셨어요?"

"네 간호사님. 식사했어요. 전신마취가 아니라서 식사를 해도 되는 모양이에요. 아니 이렇게 빨리 출근해요?"

"오늘은 당직이라 일찍 나왔어요."

무섭고 떨리는 수술을 앞두고, 여전히 밝은 얼굴로 나를 반겨 준 환자 덕분에 밀려오는 새벽 졸음이 한 달음에 달아나 버렸다. 내가 환자를 보호하고 환자의 마음을 어루만져 줘야 하는 상황인데, 되레 환자로부터 위로받고 감사한 마음을 선물 받았다. 환자가 받게 될 큰 수술이 성공적으로 끝나길 간절히 바랐다. 외래 진료를 마친 후 환자를 병동까지 데려다 줄 시간은 되지 않아, 중앙

엘리베이터까지만 데려다 주기로 했다.

"죄송해요 제가 수술실에 올라가 봐야 해서 병실까지는 같이 못갈 것 같고요. 엘리베이터까진 같이 가 드릴게요."

"괜찮아요, 간호사님. 수술 여러 번 해 봐서 혼자서도 잘할 수 있어요."

혼자서도 잘할 수 있다는 말은 왜 아프게 들리는 걸까.

퇴근길에 다리가 아프다며 투덜대던 내 자신이 부끄러웠다. 몸에서 한 부분이 절단되어 없어진다는 것은 절단 환자들에게 생각보다 더 받아들이기 힘들고 아픈 과정이다. 일상생활에서 겪어야할 불편함과 환상통(phantom pain: 몸의 한 부위나 장기가 물리적으로 없는 상태임에도 있는 것처럼 느끼는 감각, 통증) 등을 감내해야 한다.

누군가에겐 당연히 존재하는 한 부분이 누군가에겐 절실함이기도 하다.

며칠 뒤 수술을 무사히 마치고 퇴원을 앞둔 그를 마주쳤다. 목발에 그의 상체를 힘겹게 지탱하고 있는 그의 한쪽 다리가 이제막 피어난 봄의 꽃 같았다.

어느 하루 1

수많은 검사, 어쩌면 환자에겐 생소하고 두려운 또는 차가운 의학 용어들로 대화하는 병원 안에서 어쩌면 삶의 아름다운 단어들을 잊어버린 채 지내고 있는 요즘.

그 환자는 나에게 뻔하디 뻔한 위로의 말을 늘어뜨렸다. 입에서 나오는 말은 꼭 주인을 닮은 것 같았다. 그 뻔한 위로가 힘든 하루를 고마움 가득한 마음으로 저물어 가게 만들었다.

어느 하루 2

한창 환자가 붐비던 대학병원의 진료 시간. 처음으로 병원을 찾았던 그는 왠지 모르게 다른 사람들보다 천천히 병원을 빠져나가고 있었다. 일사천리로 빠르게 많은 일을 해결하고 싶었던 나는 그를 얼른 밀치듯 보내 버리려고 애썼다. 그는 나에게 오늘 하루도 수고해요 하고 말을 했지만, 할 일이 너무 많았던 나는 평소보다 성의 있는 대답을 하지 못했다. 멀찌감치 멀어지는 검은 패딩잠바의 실루엣을 보니 그 50대의 남자 환자는 한쪽 다리를 절고 있는 환자였다. 꽁꽁 얼어 버린 듯한 추운 겨울을 다른 사람들보다 조금 느리게 걸어야 할 그의 아픈 다리를 나는 왜 그렇게 밀치듯 빠르게 보내 버렸는지 또 후회로 가득한 하루를 저물어 가게 했다.

평소보다 늦게 퇴근한 금요일 저녁, 선선한 공기와 낭만적으로
다가올 주말 약속에 한껏 들뜬 퇴근길에 병원 지하의 응급실과
편의점 사이의 가로막에서 거칠게 숨을 몰아쉬고 있던 환자를 마
주쳤다. 그의 왼쪽 팔엔 인퓨전 펌프(정맥주입 속도를 조절하는
장치로 튜브나 용액에 양압을 가해 용액이 일정한 속도로 정맥
에 주입되도록 하는 장치. 주로 고위험 약물이나 주요한 약물 투
입 시에 과용량이 주입되지 않도록 조절해 주는 기계)로 주입되
고 있는 수액과 또 다른 몇 개의 수액이 쓰리웨이(여러 가지 수액
을 한꺼번에 정맥라인에 연결할 시 필요함)를 감아 정맥라인을
타고 연결되어 있었다. 그는 힘겨워 보였다. 하지만 그는 무척이
나 저녁 공기가 쐬고 싶었던 모양이었다. 걷는 것조차 힘겨워 보
이는 그의 천천한 걸음걸이를 지켜보느라 나는 초록불 신호를 놓
쳐 버렸다. 나는 그의 옆 멀지 않은 곳에서 같이 산책하는 모르는
누군가가 되어 주고 싶었다. 아마도 울퉁불퉁한 회색빛의 아스팔
트 위를 걷는 시간은 그가 하루 중 제일 기다리는 시간일지도 모
른다. 나에겐 아무렇지도 않은 출퇴근길이 그에겐 아마 계절이
열어 놓은 듯한 바깥공기와 거칠지 않게 불어오는 실바람의 행복

일지도 모르겠다.

내일의 모레의 산책에도 부디 그가 천천한 걸음걸이를 이어 갔
으면 좋겠다. 비록 답답한 병원살이를 하는 하루의 날이 계속되
겠지만 소박하고 자잘한 기쁨이 조용히 이어지는 나날로 가득하
기를 마음속으로 바랐다.

이리저리 흩어지는 조각들

오래간만에 만난 그 애는

"글 작업은 잘돼 가?"

하고 물었고,

나는

"아니, 너무 만족스럽지 못해."

하고 대답했다.

"그래도 나름 첫 작품이잖아."

"아니 작품이라고 하지 마. 작품이라고 하기에 아직 너무나 부족해."

라고 대화를 이어 나갔다.

마지막에 그 애는,

"원래 첫 작품은 만족스럽지 못한 거야. 만족스러운 게 이상한거지. 너무 걱정 마."

라고 나를 다독였다. 한낮의 선잠 같은 대화는 짧게 이어졌다가 흩어졌다.

완벽한 위로였다.

누군가가 내 글을 읽는다고 아니 읽어 준다고 생각하니 부끄러움과 행복감이 교차했다. 서점 한가운데 주요 자리를 꿰차고 있는 수많은 작가들의 수많은 글들을 보며 여러 가지 생각들이 주마등처럼 스쳐 지나갔다. 내 주제에 글을 쓴다는 것 자체가 누군가에겐 비웃음거리가 될 수도 있겠구나 하는 어리석은 생각마저 들었다. 누군가는 간호사 일이나 열심히 하라며 코웃음 쳤고 누군가는 나를 끝도 없이 응원해 줬다.

화살이 되어 나에게 오는 말엔 상처를 덜 받고 싶지만 생각보다 그것을 지키기는 어려웠다. 그럼에도 불구하고 지속되는 어려움에 얻어 가는 것들은 많았다. 상처 속에 내 것이 되는 것들은 꽤나 성숙함을 가져다준다.

나는 더 어려워질 수 있으나, 이젠 다른 사람을 통해 얻는 상처 대신 혼자서 성숙해지고 싶다.

어느 곳이든 빈공간은 남겨 두세요.

수십 개의 단어들과 문장, 글귀들을 써 내려가고 있는 저도 이 페이지만큼은 빈 공간으로 남겨 두어 쉼터로 삼으려 합니다.

바삐 움직이는 손과 파노라마처럼 흘러가는 기억 속의 공간도 잠시 쉬어 갈 수 있게끔이요.

오롯이 그곳에

10대에서 20대로 넘어갈 무렵의 시간은 그리 짧게 느껴지지 않았던 것 같다. 고등학교 3학년 시절엔 되레 시간이 빠르게 가기를 간절히 바랐었다. 한 장 한 장 교과서와 문제집의 페이지가 넘어갈수록, 여름에서 가을의 페이지도 천천히 지나가는 듯했다. 도대체 수능은 언제 올까, 과연 오긴 올까 생각하며 느림보 같은 시간을 매우 미워하며 나날들을 보냈었다.

비로소 꽃 피는 20대가 되었을 땐, 청춘이 정말 오래 머물러 있을 줄 알았다. 20대 후반의 나이에 있는 지금은 시간이 무척이나 빨리 쾌속질주를 하고 있는 것 같은 기분이 든다. 교복을 입던 어리고 순수했던 시절, 옆집에 살던 아주머니께서 "지금 등에 무거운 가방 짊어지고 학교 가는 그 시간이 제일 행복한 시간인데, 지금은 모르겠지?" 하시던 말씀이 주마등처럼 스쳐 지나갔다. 그때는 얼른 시간을 삼켜서 어른이 되고 싶었는데, 지금은 시간을 다시 소화시켜 그때로 돌아가 시간을 삼킬 수 있는 나이가 되고 싶다. 학생 땐 무거운 가방을 짊어 멨다면, 지금은 가늠할 수 없이 때로는 무겁고 버거운 사회생활의 짐을 간신히 짊어 메고 있다. 서툴지만 아주 조금씩 어른이 되어 가고 있다는 증거일까. 모르겠다.

오
롯
이

그
곳
에

나는 명품에 관심을 두지 않는다. 아니 관심이 없다는 편이 더 맞는 말이겠다. 누군가의 월급일 액수의 거대한 금액을 어깨에 메는 가방에 투자할 생각은 추호도 없다. 영국이나 프랑스 또는 수많은 국가의 여행을 다니면서도 내 나이 또래의 서양 사람들이 명품 가방을 들고 다니는 걸 나는 생각보다 거의 본 적이 없다. 나는 주로 에코백처럼 천으로 된 가방이나 뒤로 짊어지는 백팩을 메는 편이다.

어느 날 지나가는 말로 누군가가 나에게 "이제 우리 나이 정도 되면 명품 가방 하나씩은 있어야 해. 너도 이제 그런 천 가방 말고 하나 마련해 봐." 고작 스물여섯의 나이에 그런 말을 들어야 한다니 기가 찼다. 한참 노트북과 책을 가지고 다니며 공부하고 있는 나에게 명품 가방은 필요도 없었고 충분한 짐을 보관할 수 있는 에코백이 더 좋았다.

스물아홉인 지금의 나 또한 같은 생각이다. 물론 내가 가지고 다니는 가방보다 훨씬 퀄리티도 좋고 그 비싼 가방 하나로 인해 타인이 쳐다보는 시선이 달라질 수도 있다. 하지만 모르겠다. 과연 그 명품 하나로 그 사람을 빛나 보이게 할 수 있는지는……. 반짝거리는 비싼 액세서리도, 촘촘히 예쁘게 바느질되어 있는 비싼 옷이나 비싼 가방도 그 사람의 진정성 있는 내면을 빛나 보이게 할 수는 없다. 명품을 좋아하고 그것들을 소유물로 여기며 행복해하는 사람들을 충분히 존중하지만 나는 바느질이 조금 서툴게 되어 있어도 내 소중한 노트북과 여러 권의 책을 충분히 넣을 수 있는 지금의 천가방이 더 좋다. 그러니 혹여라도 내 글을 읽고 있는 그 지인은 잘 알아 뒀으면 좋겠다. 나는 몇 년이 지나도 명품을 결코 가질 생각이 없다고. 사람이 먼저 명품이 되어야 한다는 말은 결코 틀린 말이 아니라고. 명품 가방 하나로 사람을 폄하하듯 말하며 상처 줄 필요는 없었다고.

일 년에 몇 번 정도는 해외로 학회를 가시는 교수님은 이번엔
유럽이 아닌 시카고로 가신다고 하셨다. 제주도 학회에서 돌아오
신 지 얼마 안 된 후였다. 2주의 시카고 학회 참석 후 교수님은 역
시나 양손 가득 선물을 챙겨 오셨다. 선배 간호사 선생님들과 나
눠 먹을 수 있는 충분한 양의 달달한 초콜릿과 미국 과자들이었
다. 그리고 교수님은 나에게 크랜베리 와인을 선물해 주셨다. 시
카고 옆의 Amana Colonies라는 작은 마을에서 사 온 와인이라고
하셨다. 와인과 함께 Amana Colonies 마을의 지리, 문화에 대해
친절히도 설명해 주셨다.

그리곤 선물을 건네는 마지막엔 이렇게 말씀해 주셨다.
"똑똑한 변미진 간호사에게 주는 선물이라 너무 뜻깊네요."

미국의 하버드대학교에서 박사학위를 공부한 교수님은 늘 별
볼 일 없는 나에게 똑똑한 간호사라고 말씀해 주신다. 나는 나 자

신을 늘 터무니없이 부족한 사람이라고 생각하며 살아왔지만, 적어도 교수님과 일할 때는 이런 열등감이 사라져 버린다.

크랜베리 와인과 함께 온 아름다운 마음은 조심스레 나에게 전달되었다. 찬장 안에 비스듬히 놓여 있는 와인을 볼 때마다 그런 생각이 들 것이다.

좋은 말과 좋은 사람, 좋은 것들만 눈과 마음에 번갈아 담을 생각.

국가고시에 떨어지고 많은 생각이 교차했었다. 인생이 이대로 끝난 것 같았다. 세상이 무너지는 줄 알았다. 고작 몇 문제 차이, 고작 5점 차이로 낙방한 사실이 믿기지 않았다. 국가고시를 주최하는 곳에 전화도 걸어 보고 내 OMR 기록지만 잘못 인식되었을 거라고 믿고 싶었다. 그것보다도 당장 어머니 얼굴을 제대로 볼 자신이 없었다. 4년, 아니 대학을 두 번 갔으니 6년. 적지 않은 액수의 등록금과, "아르바이트할 시간에 공부하렴." 하며 끊임없는 뒷바라지를 해 주셨던 어머니였다. 간호학과 동기들에겐 또 어떻게 소문이 그리도 쉽게 퍼졌는지 위로의 메시지가 수백 개씩 별처럼 쏟아져 내리고 있었지만 그 어느 것도 나의 마음을 달랠 수는 없었다. 교수님의 전화마저 거부할 수 없었으므로 울음 섞인 목소리로 받은 수화기 건너로 교수님의 "괜찮아. 1년 더 하면 되지."라는 한마디는 너무나도 큰 힘이 되고, 감사하였지만 나의 연약한 모습은 어쩔 수 없었다. 그때의 심정은 겪어 보지 못한 사람은 절대 견주지 못할 아픔이었다. 계속 흘러 버리는 눈물 사이로 건너편에 있는 시계의 초점이 흐릿해져 갔다. 하지만 이대로 주저앉아 있기엔 시간이 너무 아까웠다. 속상함과 아픈 마음을 잠시 걸어 두고 다시 일어날 힘을 찾아야 했다.

봄이라는 예쁜 계절도, 몽우리 지며 봄 마중을 나와 있는 꽃망울도 예뻐 보이지 않았다. 창문 너머의 풍경은 쓸데없이 너무나 아름다웠지만, 내 마음은 너무나 아팠다. 그때 대학영어 강의를 하셨던 교수님께서 몇십 줄 가량의 긴 메시지를 보내 주셨다.

"미진아 얼마나 열심히 공부하는지 잘 아는데 시험 볼 때 많이 긴장했었나 보네. 시험이란 게 꼭 성적이 아닌 그날의 컨디션이랑 운에도 많이 영향을 받는 것 같아. 도움이 될진 모르지만 내가 이만큼 살아 보니까 1년 아무것도 아니거든. 그리고 지나고 보면 더 나았던 것도 많이 있단다. 나도 같이 입사 시험 봤던 친구들 중에 성적은 제일 좋았음에도 건강 문제(회사 실수)로 몇 달 후에 입사했거든. 그때 생각해 보면 생각할 시간, 각오 다질 시간, 쉴 시간, 더 힘낼 시간을 가질 수 있었던 시간이 되기도 했어. 물론 이렇게 오랜 시간이 지난 지금도 마음에 무언가 남아 있기도 하지만 그래서 동기들보다 훨씬 더 빨리 많이 클 수 있었던 결과가 되었거든. 감사한 시간이었다고 생각될 때도 많아. 미진이도 조금만 쉬고 마음 다져서 더 멋지게 더 많이 성장하는 시간이 되기를 바라."

바쁜 시간을 쪼개어서 정성스레 보내 주신 교수님의 한 줄 한 줄은 나의 마음을 울려 버렸다. 1년이 아무것도 아니게끔, 그 소중한 1년을 후회 없이 보내 보기로 마음먹었다. 정확히 하반기부터 다시 공부를 시작하기로 계획을 굳혔고, 봄까지는 여행을 다니며 마음을 정화시키기로 했다. 중국 상해와 제주도, 특히 제주에서의 짧지 않은 시간들은 지금도 잊히지가 않는다. 왜 마음이 심란하고 울적할 때 바다로 가는지 아주 조금은 알 것 같았다. '몇 달은 여행으로 보내되, 시간은 절대 허투루 쓰지 말자.' 그해의 목표였다. 염증 나 곪아 버릴 듯한 마음의 상처도 찬찬히 아물어 가기 시작했다. 꼭 바다가 나에게 만병통치약 같은 그런 존재였던 것 같다. 바다내음의 하루 끝 피어 있는 노을은 하루하루를 더 열심히 살게끔 나를 인도해 주었고, 늘 예쁜 모습만 보여 주어 내가 늘 예쁜 생각만 하게끔 만들어 주었다.

바다를 등지고 육지로 돌아와서 차근차근 계획을 세우기 시작했다. 지인 의사선생님께서 알려 주신 공부 방법을 하나도 빠짐없이 기록하여 그대로 실천하기로 했다. 이번에 또 떨어지면 이번 생은 끝났다는 마음가짐으로 독기를 품고 공부를 시작했다. 어느새 두 계절이 성큼 지나가고 있었다. 겨울이 시작되면 바로 시험이기 때문에 가을의 아름다운 풍경과 감상에 젖지 않으려 바깥으로 나가지 않기로 마음먹었다.

여름의 끝 무렵부터 가을, 초겨울까지 매일매일 10시간씩 공부했다. 주말은 휴식처럼 허투루 보내게 될까 봐 일부러 독서실 아르바이트를 알아봤다. 독서실에서 아르바이트를 하게 되면 무조건적으로 공부할 수 있는 환경에 가깝게 될 수밖에 없어서 큰 이점이 있었다.

노력은 배신하지 않는다는 유명한 말처럼, 시험의 끝은 만족스러울 정도로 좋은 결과를 남겼다. 많은 것들을 얻어 가는 해였지만 다시 돌아가라고 하면 돌아가지 못할 것 같다. 그해는 어두운 공간에 갇힌 듯 헤어 나오지 못하는 시간들이었지만, 어둠을 헤집고 나가기 위해 노력하고 성장하는 시간이었다.

괴로운 일에 맞닥뜨렸을 때, 슬퍼할 만큼 슬퍼하고 울어 볼 만큼 울어 본 후 현실로 돌아왔을 땐 그에 못지않은 큰 에너지를 얻어 갈 줄 아는 사람이 되었으면 한다.

영화 '안녕 헤이즐'에 이런 대사가 나온다.

"무지개를 보길 원한다면 내리는 비를 이겨 내라."

오
롯
이
그
곳
에

곧 30대가 된다. 내가 보냈던 지난 20대 청춘의 시간들이 머릿속을 휘감아 내려가고 있다.(물론 아직도 청춘이다. 그렇게 믿고 싶은 것일지도 모르지만) 대단한 미래가 기다리는 30대인 줄로만 알았는데. 살면서 앞자리가 3이 되는 날이 과연 올까 했는데. 그 날이 오고야 만다. 계절이 두 번 지나고 바뀌면 그날이 온다. 사실 대단한 전환점이 되는 것도 아니고 단지 숫자 하나 변경됐을 뿐인데 인생에서 아주 큰 어른이 된 나이가 되는 것 같다. 사실 그보다도 무서운 것은 나이가 든 만큼 성숙도 여물어져 제대로 된 열매가 맺힌 건지에 대한 궁금증이 나를 덮치는 것 같다.

10대 때는 20대가 되는 것이 무섭지 않았는데 지금은 30대가 되는 것이 조금 무섭고 두렵다. 10년 뒤 40대가 되어서도 이런 마음이 그대로 있을지 모르겠다. 20대를 돌아보면 목표 없이 시간을 흘러 보내지도 않았고 나름대로 허투루 시간을 소비하지도 않았던 것 같다. 그래도 다시 시간을 되돌린다면 조금만 더 치열하고 열정적으로 살아도 됐었을 것 같다. 시간은 상대적이지만 똑같이 주어지는 시간 속 노력의 차이는 어떻게든 존재하는 것 같은 생각이다. 열심히 지내왔다고 생각되는 순간들이지만 돌아보면 늘 후회와 미련은 조금씩 들기 마련이다. 그래도 한 가지 다행인건 대학 졸업 후 사회인이 될 무렵 깨달은 게 있다는 것이다. 꼭 엄청나게 대단한 미래를 이루겠다는 불투명한 생각보다는 당장 내일 또는 모레나 일주일 혹은 몇 주 뒤의 소소하지만 꽉 찬 미래를 점쳐 보는 것도 나쁘진 않다는 것이다. 어렸을 땐 '훌륭하고 대단한 사람이 될 거야.' 같은 막연한 미래를 꿈꿨다면, 적어도 지금은 그렇지는 않다는 말이다. 이룰 수 없는 어려운 미래를 생각해 압박에 시달리느니 차라리 작고 사소한 것들의 아름다움을 일깨워 자신에게 약속할 줄 아는 사람이 되는 편이 나은 것 같다.

나는 지금 꽤 만족스러운 삶을 살고 있지만 앞으로 더 발전하기 위해 한 가지에만 전력을 다하지 않고 소소하지만 즐거운 무언가를 하기 위해 노력하고 또 구상하고 있다. 지금 써 내려가고 있는 글도 어쩌면 그 구상 속 작은 한 가지이다. 이것도 내가 작게나마 꿈꾸던 미래였다. 언제나 자잘하고 소박한 꿈들은 인생을 어여쁘게 해 줄 것이다.

1.

저녁에 비가 내린다는 일기예보를 들으며 따뜻한 옷을 챙겨 입고 나왔었다. 퇴근하고 들른 스타벅스 출입문 사이로 가을비 냄새가 촉촉하게 코끝에 스며 왔다. 이 비 냄새는 맛으로 따지면 많이 달지 않은 그렇다고 밍밍하지도 않은 맛에 속할 것 같다. 어떤 정성스런 음식도 이 맛을 표현하기란 어쩌면 힘들 것 같다.

2.

오늘 아침에 조금 두툼한 두께의 카디건을 꺼내 입었다. 카디건과 니트에서 풍겨져 나오는 알 수 없는 냄새가 너무 좋았다. 장롱의 깊숙한 냄새만큼 가을도 더 깊어 갈 것이다. 이 두툼한 옷들은 나를 따뜻하게 해 줄 것이다. 영락없이 찾아온 추운 계절 전 단계의 계절이 더디게, 아니 어쩌면 전보다 더 빠르게 찾아온 듯했다. 적당한 습도와 온도를 견디고 있는 이 계절에게 감사했다.

3.

따뜻한 초코를 카디건 사이의 손가락으로 감싸 안은 행복은 컵과 함께 한 움큼 같이 잡혔다. 한없이 마음에 박혀 버린 가을이 아주 예쁘게 찾아왔다.

4.

올해가 세 달도 채 남지 않은 이 시점에 또 무탈하게 살아가고 있는 나에게 고마웠다. 그리고 아주 작게나마 나의 도움을 거쳐 간 병원의 환자들에겐 더더욱 감사했다. 마음 따뜻한 환자들이 올해의 추운 계절을 아주 따뜻하게 보냈으면 좋겠다.

유난히도 비행기 창문 너머로의 구름이 활기차게 민낯을 비추던 2016년의 어느 여름, 나는 짧지 않은 제주살이를 마치고 육지

로 돌아오는 비행기에 몸을 실었다.

그때까지만 해도 불과 몇십 분 뒤에 일어날 엄청난 일들을 나는 당연히 알지 못했다. 비행기에 막 타자마자는 그저 집으로 돌아갈 아쉬움과 다음 여행을 기약해야 하는 마음만 비행기와 함께 둥둥 떠다니고 있을 뿐이었다.

창가 쪽에 착석을 한 후 비행기의 바퀴가 바닥에서 떨어져 하늘을 향해 갈 시간을 기다리고 있었다. 옆자리에는 신혼으로 보이는 부부가 앉았고, 나는 잠시 눈을 붙이려 하고 있었다. 그리곤 5~10분가량의 시간이 흘렀을까. 아랫배가 살살 아파 왔다. 처음엔 대수롭지 않게 여겼다. 하지만 시간이 가면 갈수록 1분 아니 몇 초 단위로 고통은 내 배를 조여 왔다. 승무원에게 도움을 청하기에는 너무 죄송스러웠다. 고작 이 정도로 누군가에게 도움을 빌고 싶지는 않았다. 김포공항에 도착하기까지는 30분이 넘는 시간이 남아 있었다. 너무 고통스러웠다. 뾰족한 송곳 같은 것들이 차례로 배를 쿡쿡 찌르는 고통은 계속됐다. 얼굴은 붉어졌고, 눈물이 날 힘조차 없이 버거웠다. 30분이 어떻게 지나갔는지는 아직도 기억이 나지 않는다.

김포공항에 도착하자마자 간신히 캐리어를 끌고서 바깥에 나와 있는 앳돼 보이는 승무원에게 주변에서 제일 가까운 병원이 있는지 물었다. 하지만 승무원은 내가 병원에 혼자 갈 수 없음을 직감한 듯했다. 그 자리에서 119에 전화를 걸어 주었다. 나는 그대로 쓰러지듯 주저앉았다. 더 이상 힘이 없었다. 그리고 공항 관계자분들의 도움을 받아 구급대원이 오기만을 기다리고 있었다.

몇 분이나 지났을까. 구급차가 도착하고 주변에서 꽤 여러 명의 사람들이 나를 부축했다. 진에어의 남승무원은 내가 안전하게 구급차에 탈 때까지 나의 캐리어를 끌어다 줬다. 그리곤 "제가 병원까지 같이 가 드리지는 못합니다. 병원에 가서 얼른 치료 받으세요." 그제야 눈물이 쉴 새 없이 흘렀다. 아마 누군가가 이제 나의 고통을 덜어줄 수 있구나 하는 안도감의 눈물이었던 것 같다.

나를 실은 구급차는 빠르게 출발했고, 구급대원은 나의 팔에 혈압계를 감아 혈압을 쟀고 귀에 온도계를 꽂고 체온을 체크했다. 내가 환자들에게 늘 했던 바이탈 체크였다. 구급대원은 나에게 가족의 핸드폰 번호를 물어봤고, 다행히 근처 인천의 고등학교에서 교사로 근무하고 있는 친언니가 있어 언니의 핸드폰 번호를 얼른 알려 줬다. 10~15분가량 지났을까. 나는 눈이 팅팅 부을 만큼 울면서 병원에 도착했다. 병원에 도착한 나는 이것저것 기본 검사 처방을 받았다. 의사선생님은 친절하고 푸근하게 나의 아픔을 보듬어 주려 애썼다. 수액과 진통제를 몸에 들이붓고 안정을 되찾을 무렵, 나는 신장에 염증이 생겼음을 알았다. 38도의 고열은 아직 가라앉지 않았지만 그래도 어느 정도 차분한 몸 상태가 되어 가고 있을 때 언니가 도착했다. 언니도 부랴부랴 택시를 타고 나에게 온 듯했다. 언니는 교감선생님께 급하게 조퇴 허락을 맡고 나에게 달려왔다.

퇴원 후 언니 집에서 하룻밤을 지낸 뒤 수원 집으로 돌아왔다. 얼굴은 푸석푸석하고, 살이 하루 만에 3킬로그램이나 빠져 있었다. 집으로 돌아오는 길에 나를 도와준 사람들의 얼굴이 하나둘 스쳐 지나갔다. 고작 나 한 명을 위해 몇 명의 사람들이 도움을 요청해 줬다. 그 누구도 시키지 않았을 일이었다. 공항에서부터 병원까지 나를 배웅해 주고 진심으로 걱정해 주던 마음 따뜻한 그때의 그 감정은 4년이 지난 지금도 쉽게 잊히지 않는다.

그리고 나는 잊지 않았어야 했다. 감사함이 차곡차곡 쌓여 고통을 감내할 수 있었던 소중했던 하루를 하마터면 잊을 뻔했다.

조금이라도 위로가 된다면 곁에 있을게

한참 정신과 폐쇄병동을 실습하며 만났던 환자가 생각나고 그
리웠다. 사람들은 늘 가슴속에 가면을 쓴 인격, 즉 페르소나를 안
고 살아가는 것 같다. 정신병원 환자들은 마음속에 잠재되어 있
는 어두운 인격인 페르소나가 밖으로 표출될 만큼의 마음이 아픈
사람들이라고 생각한다. 몸이 아픈 것도 모자라 마음까지 아픈
사람들을 보고 있으면 마음이 미어진다.

그 여자 환자는 내가 2주 동안 정신과 소논문을 쓰려 공부하기
위해 만났던 나에겐 아주 각별한 환자였다. 평일 동안 환자를 만
나고 주말에 집에 있을 땐 환자가 병원에서 밥은 잘 먹고 잠은 잘
자고 있을까 하는 걱정이 맴돌았다. 그들과 평소처럼 대화하며,
아픈 마음을 읽어 주었지만 때로는 그들의 아픈 상처를 너무 많

이 꺼내려고 하지는 않았다. 한참이나 온도가 마이너스를 기록하리만큼 낮았던 한 도시의 눈이 쌓인 정신병원 건물은 삭막하리만큼 어두운 공기였을 거라고 생각했지만, 내가 생각했던 것과는 다르게 굉장히 활기차고 밝았다. 정신병원 출입증을 손에 들고 출근하는 길은 늘 나를 설렘 가득하게 해 주곤 했다. 다만 그게 어느 날은 조금 아픈 설렘이었던 것 같다. 눈을 녹일 만큼 따스하게 비춰 오는 겨울 볕 사이로 산책을 하는 낮 시간이 되면 우리는 늘 너무나 경쾌하게 발걸음을 이어 갔다.

"학생 간호사님, 나 오늘은 기분이 꽤 괜찮아요. 립스틱을 칠해 볼게요." 하며 자신의 속마음을 털어 놓을 때면 나는 너무나 고마웠다. 나는 그 당시 상처로 얼룩진 누군가의 마음속 깊숙한 곳에 어둑히 내려앉은 고민을 들어주는 사람이었다. 되레 그땐 내가 환자들 덕분에 위로를 더 많이 받았던 것 같다.

중환자실이나 병동 등의 다른 파트 실습과는 다르게 시간은 참 빨리도 지나갔다. 상대적으로 느껴졌던 빠른 시간, 그만큼 환자에게 더 애정이 깊었던 걸까. 정신병원 마지막 출근 전날 밤. 여러 생각들이 머릿속에서 휘감겨 소용돌이쳤다. 그녀가 부디 내가 없는 앞으로의 미래에도 늘 조금이라도 더 웃어 주기를 마음속으로 바랄 뿐이었다.

"오늘은 엄마가 온다고 했으니 전 잠깐 병원 근처로 외출해요. 우리 다음 주에 만나요, 학생 간호사님."

그 다음 주에 만나자는 약속, 지키지 못해 미안해요. 실습을 마치고 학교로 돌아와서도 얻어 가는 것이 무수히 많았어요. 그저 단순히 졸업과 커리큘럼을 위한 실습으로 생각했다면 나 역시 이렇게 수년이 지나도 당신이 생각날 리는 없겠지요. 언뜻언뜻 그때의 그 웃음이 떠오르기도 하고요. 웃음기 사이로 수줍게 장난을 걸던 모습도 기억이 납니다. 어둡고 아픈 내면을 감추려 애써 웃으려 했던 것도 저는 알아요. 슬프거나 외로운 마음을 웃음에 투영시키려 했던 것도 저는 알아요. 그럴 땐 그저 당신의 이야기를 들어주는 것밖에 할 수 없음에 마음이 아파 오래 아무것도 못하고 시간이 꼭 그 속에 고여 있는 것 같았어요. 그래도 그렇게나마 웃음 지어 줘서 너무 고마워요. 그럴 리 없겠지만 아주 혹시라도 내 글을 읽고 있다면 그때 나에게 털어놨던 수많은 마음속 응어리들 너무나 고마웠다고 말해 주고 싶어요. 아무에게도 말하지 못한 것들을 나에게만 털어놓는다고 했을 때 저는 너무나도 고맙고 또 고마웠습니다. 짧은 시간 동안 저를 그만큼 신뢰하고 우린 라포 형성까지 되었던 거니까요.

전 감히 그렇게 믿고 있어요. 우리에게 주어진 2주의 시간 속에 그보다 더 큰 각별한 관계가 어딨겠어요.

고마웠어요 늘.

잘 지내고 있나요?

대학 4년의 종지부를 찍는 시험에서 낙방한 후, 좌절과도 같은 한 해를 맞이해야 했던 어느 봄날이었습니다. 산수유 열매가 막 피어나기 시작하는 계절은 어김없이 찾아왔고 주변 환경은 하나 둘씩 봄 마중을 나와 있었지만, 저의 계절은 아직도 온도가 아주 낮은 겨울이었던 것 같아요. 그만큼 마음이 많이 추웠습니다. 대학생 때 아동간호학을 가르쳐 주셨던 교수님과 우연스레 연락이 닿았고, 교수님과 만남을 가지게 되었습니다. 교수님과 대화했던 모든 기억은 몇 년이 지난 지금도 저의 가슴속에 여전히 기록되어 있습니다.

"시험에 떨어졌다고 미진이의 인생이 끝난 건 절대 아니야." 이 한마디로 시작된 대화는 무거운 눈덩이가 마음속에 자리 잡고 있어 절대 녹지 않을 것만 같던 마음을 사르르 녹여 주기 시작했습니다.

"봄과 초여름까지는 마음을 좀 식히기 위해 여행을 다녀오렴.

그동안 수고했던 너 자신에게도 휴식할 시간을 줘야 하지 않겠
니."

저는 교수님의 이 한마디를 듣자마자 제주도로 도망치듯 떠나
서 틈틈이 몇 주가 조금 넘는 시간 동안 제주살이를 하다 돌아왔
습니다. 하얀 꽃이 날리는 5월의 그 바다 그 섬은 봄이 비쳐 오는
볕의 공기로 가득했고 교수님을 닮은 드넓은 바다는 저에게 그동
안 고생했다며 등을 두드려 주는 듯 했습니다.

우울함이 가득한 저에게 먼저 대화의 끈을 내밀어 주신 교수님
께는 평생 동안 감사하다고 전해 드려도 부족할 것 같아요. 한동
안 너무 힘에 겨웠던 저에게 교수님의 말 한마디 한마디는 뼈와
살이 되어 제가 다시 일어설 수 있는 버팀목이 되어 주셨어요. 하
지만 엎친 데 덮친 격으로 제주도에 있을 때 '암'이라는 단어가 아
버지의 가냘픈 몸을 집어삼켰습니다. 의사선생님은 만약 늑막암
일 경우 길어야 4~6개월밖에 살 수 없다고 시한부 판정을 내리
셨습니다. 시험도 낙방하고 아버지도 아프고, 정말 모든 힘을 잃
어 갔습니다. 점점 말라 가고 야위어져 가는 아버지를 이끌고 대
학병원에 입원시켜 드리고, 밤낮으로 간호하기 시작했습니다. 그
무렵에 또 다시 교수님과 대화할 시간을 가졌고 교수님은 "힘든
와중에도 의연하게 삶을 꾸려 가는 미진이가 참으로 대견하구
나." 하며 울먹거리는 저의 어깨를 조심조심 두드려 주셨습니다.
아버지는 다행히도 나날이 호전되어 갔고 저는 교수님과 메일을

주고받으며 위로를 받았습니다.

참으로 어렵고 어렵고 또 어려운 한 해를 보내면서 교수님의 위로가 깊숙이 물들어 있는 한마디 한마디를 듣지 못했다면 지금의 저도 없었을 것 같습니다.

"인생의 몇십 년가량의 삶에서 지금 일 년 정말 아무것도 아니거든." 그 아무것도 아닌 한 해일 것 같았던 과거의 그 해는 지금의 제가 존재할 수 있게끔 밑거름이 되어 준 한 해였습니다.

저에게 날마다 찬란한 하루하루를 선물해 주셨던 교수님께. 부치지 못한 편지.

　우리나라 최남단에 위치하고 있는 제일 예쁜 섬, 정확히 셀 수 없지만 나는 그 섬에 18번 정도를 방문했었다. 방문할 때마다 신비한 아름다움을 안겨 주곤 했는데, 바다 근처에 있으면 속절없이 끌리는 듯한 중독감에 휘말렸다. 동쪽은 동쪽 나름대로 아름다움이 있었고, 서쪽은 또 서쪽 나름대로, 서귀포는 또 서귀포대로 나에게 끝없는 아름다움을 가져다주었다. 남들은 어쩌면 미쳤다고 할지도 모르겠지만, 1박 2일은 물론이고 당일로도 제주도를 찾았었다. 아침 일찍 첫 비행기를 타고 밤늦게 육지로 돌아오는 일정은 꽤나 짜릿했다.

　자주 찾는 바다는 김녕이라는 바다였다. 처음 김녕과 마주했을 때는 5월의 어느 봄날이었고, 꽃가루 비스듬히 떨어지는 그 거리엔 봄빛의 기운이 완연했다. 살랑이는 봄바람에 거칠지 않게 몰아치는 파도와 그 사이로 부서져 내리는 볕은 나에게 충격을 줄 만큼 아름다웠다. 김녕은 사실 지나가다 잠깐 내려서 보고 갈 정도로 사람들이 많이 찾지 않는 곳이기도 하고, 바다 근처에 카페는커녕 앉아서 쉴 곳조차 여유롭지 않지만 내가 생각하기엔 제주에서 제일 깨끗하고 예쁜 바다임에 틀림없다. 언니가 제주도에서

웨딩 사진을 찍을 때에도 제일 먼저 나는 "언니 김녕!" 하고 일러
줬다. 제주에 갈 때마다 제일 먼저 들르는 곳이기도 하고 육지로
돌아오기 전에도 꼭 들르는 곳이기도 하다. 그만큼 김녕은 나에
게 각별하다. 훗날 좋아하는 사람과 함께 오고 싶은 곳이기도 하
다. 늘 바람은 이렇게 바람으로만 남아서 문제지만 말이다.

　제주도에서 한껏 바닷바람을 쐬고 있으면 육지에서 가득 낀 먼
지가 꼭 고운 꽃 사이 비춰 오는 바다 볕에 씻겨 내려가는 기분
이다. 까맣게 병든 각박함은 꼭 제주도에만 오면 완쾌가 된다. 위
로가 묻은 바다는 나에게 꾸지람 대신 괜찮다고 등을 두들겨 주
곤 했다. 그래서 더 바다를 그리워하고 보고 싶었는지도 모르겠
다. 이른 아침 창문 사이로 바다가 가져다주는 애틋함은 그 어떠
한 온도와도 비교할 수 없었다. 중요한 시험에 떨어진 후 어렵고
무거운 마음을 달래려 찾았던 바다는 그 어떤 압박감이나 어두운
생각을 주지 않았다. 그해엔 참으로 제주에게 고마운 해였던 것
같다. 제주에서 지냈던 몇 주 동안은 시험에 대한 생각은 단 한 톨
도 하지 않았다. 그래서 나는 가끔 주변에 어려운 일이 닥친 지인
들에게 조심스레 말해 주곤 한다.
　"온도가 낮건 높건 상관없어요. 제주섬에 가서 며칠만 쉬다 오
세요. 지금보단 나아질 거예요."

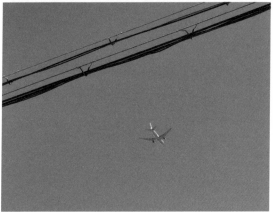

제목 없음.

선생님, 연락 주셔서 정말 감사드립니다.

이렇게 늦은 시간에 실례가 되는 게 아닌지 모르겠습니다.

(아이들 재우니 이 시간이네요ㅜㅜㅜ)

사실 간호사 선생님께서 진료를 마치신 할아버님께는 나름 번거로우셨을 병원 절차를 친절하게 설명해 주지 않으셨으면 저도 제 진료 순번을 기다리며 그냥 지나칠 일이었을지도 모르겠습니다.

제가 오히려 선생님께 감사드리고 싶습니다.

아까 그렇게 병원을 나서고 할아버님께서 지원받으시는 의료비가 혹여나 사용하시는 생활비에 영향을 받진 않으실까 걱정이 많이 됐었는데 정말 다행입니다.

혹시 할아버님께서 수술이 받으시기 어려운 상황이시면 그때 다시 연락을 부탁드려도 될까요?

할아버님께서 연세가 많으시니 여러 지원을 놓치실 수도 있지 않을까 해서……. 할아버님께 조금이나마 도움이 되고 싶은데 연락드릴 방법을 찾기가 막막해서요.

선생님께서도 항상 건강하시고 또 행복하시길 바랍니다. 이렇게 연락 주셔서 다시 한번 정말 감사합니다.

할아버지는 아내의 온몸에 암이 번져 있는 상태라 아내를 돌볼 사람이 자신밖에 없다고 하셨다. 겹겹이 쌓인 어려움은 휘몰아치듯이 할아버지의 아픈 몸과 마음을 덮쳤다. 막상 본인의 한쪽 눈은 실명 직전의 상태라는 것도 잊은 채 할머니의 병간호를 위해 지내온 듯하셨다. 할아버지는 "나는 괜찮아요."라고 하셨다. 마음이 아프다는 말로는 부족했다. 나같이 행복에 겨운 사람은 마음 아파할 시간이라도 있었다. 하지만 할아버지에겐 시간이 없었다. 거대한 수술비가 할아버지의 발목을 잡았다. 교수님께 어쩔 수 없이 할아버지는 지원받는 제도 없이는 수술이 어려울 거라고 말씀드리고 있었는데 옆에서 내 나이 또래보다 한두 살 많아 보이는 여자 환자가 한참이나 서성거리고 병원 밖을 나서지 못하고 있었다.

병원 안에서 서성이던 여자 환자는 나를 조용한 곳으로 불러낸 후 할아버지의 수술을 돕고 싶다고 하였다. 그 몇 초의 시간 동안 알 수 없는 뭉클함과 차마 감동이라고 말하기에도 벅찬 따뜻함이 절실하게 느껴졌다. 지극히 개인적으로 다른 환자의 수술비를 내 주는 제도는 아마 사회복지제도나, 다른 경로를 찾아야 했다. 그 리고 나는 굉장히 바빴기 때문에 한 환자만 붙잡고 있을 수도 없 었다. 할아버지에게는 다행히도 이 녹록치 않은 세상에서 조금의 밝은 빛을 볼 수 있는 기회가 주어졌다.

조금의 따스함 덕분에 세상은 언제나처럼 살 만하다고 생각하고 있다. 그러니 길지 않은 삶에서 아프고 소외된 사람들이 아주 조금이라도 더 행복해졌으면 좋겠다. 티끌 같은 조금의 행복이 켜켜이 쌓여가 크나큰 무언의 행복이 될 테니까.

(저의 부족한 글 속에 당신의 답장을 실을 수 있게 허락해 주심에 진심으로 감사드립니다.)

오롯이 그곳에

빨간 조끼를 걸치고 빅이슈 잡지를 판매하는 노인의 어깨가 그
어느 때보다도 나약해 보인다. 섭씨 33도가 넘는 무더운 뙤약볕
아래에서 노인은 팔리지 않은 잡지를 부여잡고 얼음이 다 녹아
없어져 버린 조그만 패트병을 들고선 힘겹게 목을 축인다. 무더
운 더위를 피해 잠시 천막이 있는 곳에서 몸을 웅크리지만 더위
를 피하기엔 역부족으로 보인다. 내가 해 줄 수 있는 거라곤 노인
의 빅이슈 두어 권을 사 주는 것밖에 없다. 에어컨이 틀어진 실내
속에서 차가운 음료수를 손에 쥐고 서성이는 내 모습이 서점 창
문으로 부끄럽게 비친다.

몇 분 뒤 노인이 앉아서 잠시 쉬고 있다. 투박하고 뭉툭하게 깎
은 듯한 손톱과 새까맣게 그을려진 그의 엄지손가락이 보인다.
노인의 지난 인생이 선연하게 그려졌다. 분명 아름다운 인생을
살았을 것이다. 그의 빨간 조끼 옆으로 새어나온 빨간 실타래를
바느질해 주고 싶다. 그래도 노인이 웃는다. 노인이 앞으로 펼쳐
질 삶의 행복에 대해 박음질 중인가 보다.

한참 열등감에 시달려 남과 나 자신을 비교하며 세월을 허비하던 적이 있다. 학력, 외모 등을 다른 사람과 끝도 없이 비교하며 나 자신은 참 못난 사람이라고 한없이 갉아 먹었다. 지금 생각해 보면 참 어리석었던 시간을 보냈다. 중학교 때 남들보다 조금은 일찍 겪었던 어려웠던 인간관계(좋은 말로 어려웠던 인간관계인 것 같다), 고등학교 땐 두꺼운 안경으로 얼굴을 가리고 다녔기에 자신을 예쁘지 않음으로 정의 내려 치부하며 살았던 시간들. 어쩌면 10년이 넘게 지난 지금도 학창시절에 겪었던 아픔들을 생각하면 마음이 편치만은 않다. 어리고 여리고 순수했던 시간 속에 늘 품고 있던 열등감은 20살이 되어도 쉽사리 사그라지지 않았던 것 같다. 난 늘 부족하고 못난 사람이라고 생각했다. 대학입시에도 실패하고 원하지 않는 대학과 원하지 않는 학과에 입학하였을 때도 '내가 그렇지 뭐. 난 안될 사람이야.'라고 자신을 깎아내리기 바빴다.

다시 공부하여 간호학과에 재입학했을 때부터 조금씩 긍정적으로 생각하고 마음속을 지배하고 있는 열등감이라는 단어를 하나둘 없애려고 노력했다. 다른 사람의 능력과 나의 능력을 비교하는 대신 내가 잘하는 것들을 발전시키는 편이 훨씬 낫다는 것도 힘겹게나마 자각했다. 안경도 벗고 화장도 했다. 의류학을 전공하는 친구에게 조언을 받아 외적인 것들에도 투자하기 시작했다.

나보다 더 나은 삶과 비교하며 열등감에 젖어 살기엔 청춘은 손가락 한 마디 차이에 놓여 있다. 20대의 막바지에서 한 가지 절실하게 깨달은 것이 있다. 누구와도 자신을 비교하지 말 것. 이 세상에 쓸모없이 태어난 사람은 아무도 없다. 과거의 지난 일들이 현재 또는 미래의 행복으로 귀결되지는 않는다.

열다섯이라는 제일 예쁜 하얀 도화지 같은 나이에, 어려웠던 친구 관계로 검은색으로 먹칠되었던 나의 삶도 지금은 이렇게나 예쁜 색으로 다시 칠해져 가고 있다. 모두에게 단단해지는 시간

이 곁에서 견주어지길 바라는 마음이 가득하다. 그리고 그때의
나를 안아 주고 싶다.

오롯이 그곳에

1.

정신과 병동에서 실습을 할 때 나에게 유독 본인의 마음을 털어놓고 고민을 구구절절 이야기하던 날. 나한테 어떻게 하면 좋겠냐고 조언을 구하던 환자에게 조금 더 괜찮은 답변을 들려줄걸, 하는 후회를 하기도 전에, 그 환자는 나에게 "제 이야기 들어 주었으니 그걸로 됐어요."라는 말로 대화를 마쳤다.

본인의 아픈 고민을 딱히 누군가에게 털어놓기도 어려웠을 테니, 몇 주간 실습을 나온 학생인 나에게 털어놓았을 것이다. 지금에서 생각해 보니 답답했을 그의 마음이 안쓰러웠다. 조금 더 그의 마음을 안아 줄 걸 하는 후회가 밀물처럼 밀려왔다.

2.

그런 마음을 같이 훑어 주고 읽어 주는 일은 생각보다 쉽지 않았다. 누군가가 나에게 속사정을 어렵사리 털어놓을 때면 고마운 마음과 동시에 어떻게 공감을 해 주어야 할지 어려운 마음도 앞

섰다. 나에게 이런 마음을 털어놓기까지 상대는 얼마나, 몇 번의 마음앓이를 마주해야 했을까 생각하니 마음이 아팠다. 내가 상대의 마음에 들어갔다 나오지 않아 100프로 확신에 찬 명쾌한 답변은 주지 못하겠지만, 상대는 내가 본인의 이야기를 정성스레 들어주었다는 것에 조금은 고민의 벽이 허물어졌을 것이다. 그래서 앞으로도 지인들의 고민을 귀 기울여 들어주고 더는 힘들게 참아내지 말라고 다독여 주고 싶다.

내 보폭에 맞춰 혼자서 걷는 일은 확실히 아무도 옆에 없음을 감지하게 해 주었다. 그것이 당분간 지속된다고 해도 상관없었다. 혼자 여행을 하고 혼자 밥을 먹는 사소한 습관들에 대하여 누군가는 꾸짖듯 나를 나무랐다. 혼자 있는 것을 볼 때면 어떨 때는 멋있어 보인다는 말과, 또 어떨 때는 조금 외로워 보인다는 이중적인 말을 들을 때도 사실 크게 상관없었다.

친구가 거의 전부인 어린 시절에 결핍되었던 것들은 지금 많이 해소되었고 되레 누군가는 나에게 발이 참 넓은 사람이라고 말해 준다. 하지만 어느 날은 평소처럼 인사해 주지 않거나 말투가 변한 모습의 가까운 지인들이 발견될 때는 '나한테 화난 게 있나?' 하며 나를 떠나갈까 하는 소심함은 여전히 조금 자리 잡고 있다.(이정도 소심함은 누구에게나 있는 것 같기도 하고)

슬픈 건지 반가운 건지 이제는 옆에 누군가가 있는 것보다 혼자 있는 것이 더 좋아져 버렸다. 혼자병을 앓게 된 건 20살 이후의 언저리 언젠가부터였다. 혼자병을 적당히 앓았으면 좋았을 걸 바보처럼 너무 시름시름 앓게 되었다. 외로움이 예쁜 색깔로 물들어 있는 지금이 언젠가는 벗겨질 수도 있겠지만 그건 추후의

129

일이다. 아파도 당분간은 지금의 이 평화로운 혼자인 삶이 지속
되기를 바란다.

 헌데 비현실적이고 잔인할 정도로 아름다움이 가득한 풍경을
함께 볼 수 있는 사람이 생긴다면 어찌될지 모를 일이다.

흔적

5월의 어느 예쁜 날. 네가 일하는 곳 근처인 호수공원에서 첫 만남임에도 불구하고 우린 기나긴 대화를 나눴고, 힘들고 고될 법도 한데 웃으며 긍정 어린 마음으로 너의 힘든 나날을 아무렇지 않게 말해 줄 때 넌 참 바르고 마음이 아름다운 사람이라 생각했었어.

만남 이후 며칠이나 계속 연락을 이어 가게 됐고, 그 바쁜 와중에도 몇 번씩 메신저 알람이 울려댈 때면 아무런 기대 없이 난 그저 행복했었어.

우린 더위를 피해서 대화를 즐겼고, 높은 습도로 숨이 턱턱 막혀 옴에도 불구하고 난 너를 만나기 위해 영등포로 가는 기차에 몸을 맡겼어. 40도 근처를 육박하는 참 무더운 날이었던 걸로 기억해. 넌 약속 시간에 조금 늦었지만 여름이었기 때문에 난 무더운 땀으로 조금 번져 버린 화장을 고칠 시간이 주어졌음에 감사했어. 너에게 잘 보이고, 아니 예쁘게 보이고 싶었던 걸까.

너와 또 막힘없는 대화를 이어 간 후 다음 약속까지 잡고 헤어졌고 난 거의 100프로 확신했었어. 너와의 이런 관계가 꽤 괜찮은 사이라는걸. 그냥 보통의 친구 사이는 아니라는걸.

하지만 급한 수술이 잡혔다는 이유로 다음 약속은 처참히 깨져 버렸고, 그 괜찮은 사이라고 생각한 나의 착각도 유리 파편처럼 깨어져 조각나 버렸지. 너의 피치 못할 사정이었음에도 "그럼 다음에 만나자."라고 한마디 해 줄 줄 알았던 나의 큰 기대감에 우울감은 몇 배로 불어났어.

그리곤 몇 주가 넘는 시간 동안 우린 연락을 하지 않았고 다른 계절이 찾아왔을 때 우연스레 연락을 하게 됐어. 이젠 정말 친구 그 이상 그 이하도 아닌 그런 사이라고 편하게 생각했어. 마음을 비우고 연락하게 되니 답장이 오래도록 오지 않아도, 굳이 기다리지 않아도 된다는 생각에 딱히 어려운 마음도 없었어. 그렇게 종종 자연스런 안부를 묻던, 그러니까 한 달에 며칠 정도씩 끊김 없이 이어지는 연락을 주고받는 편한 친구 사이가 되었지.

다시 꽃이 피는 계절이 되었고, 벚꽃이 필 무렵 너에게 연락이

왔어.

"잘 지내고 있어? 내일 뭐해? 약속 없으면 우리 놀러 가자."

그러니까 꽃을 보러 가자는 너의 말에도 난 별다른 두근거림 없이 그저 친구와 데이트하는 기분으로 너와 주말 데이트를 하게 됐어. 넌 다른 직업과는 다르게 온전히 쉬는 날이 정말 없는 직업을 가지고 있잖아. 그 온전히 쉬는 하루를 나에게 쓴다는 것도 사실 별 느낌이 없었어.

그런데.

벚꽃, 카페, 영화, 그리고 맥주까지 하루 종일 이어지는 데이트 후 집에 오는 길이 왜 이렇게 뒤숭숭했는지 모르겠어. 며칠이 지난 지금도 그래. 괜히 마음이 소란스럽고 하루 가득 어쩌면 너의 생각이 짙어지고 있어.

내가 용기가 없는 걸까.

아니면 네가 아무런 생각이 없는 걸까.

여전히 나는 이곳에서 온전하게 숨을 쉬며 살아가고 있다.

이렇게나 멀쩡한 이별은 처음이었다. 나의 가슴에 콕콕 박힌 그런 못된 말들은 그에게 있었던 미안한 감정마저 모조리 소모되어 먼지조각이 되어 없어지게 했다. 친한 친구들은 내 이야기를 듣고 한껏 내 편을 들어주며 그를 시원하게도 욕해 주었다. 그리곤 "차라리 잘 만났어. 미진, 경험이라고 생각해. 지금 거르길 잘한 거야."라며 또 그 경험 타령을 했다. 하지만 늘 존재하는 아픔과 실패를 경험으로 치기엔 인생에선 늘 성공보단 실패가 더 많은 것 같아 마음이 아프다.

실바람처럼 조심스레 곁으로 다가온 행복도 언제고 스쳐 지나갈 바람으로 변할까 봐 두렵고 어렵다. 그래도 한 가지 다행인 건늘 이런 실패와 아픔만이 존재하는 먹구름 같은 두려움도, 점차

걷혀 없어져 갈 날이 온다는 것이다. 아니 어쩌면 맑은 하늘에서 내리는 여우비처럼 아픔과 기쁨이 공존할지도 모르겠다.

"천천히 기다리면 너의 인연이 나타날 거야."라는 기약 없는 기다림은 여전히 나를 미흡하게 했다. 여러모로 애쓸 필요는 없었다. 앤디 워홀은 공상 속의 사랑이 현실의 사랑보다 훨씬 좋다고, 사랑하지 않는 것은 매우 자극적이라고 했건만, 이상과 현실 그 사이의 곳엔 내가 보지 못하는 그리고 볼 수 없는 불분명한 것들만 존재할 뿐이었다. 뭐든지 확고한 게 좋다. 완벽주의자의 성격 탓일까.

내가 좋은 사람이 되어 좋은 사람이 내게 오도록 하는 마법은 어쩌면 이루어지지 않는 것 같다. 언젠가는 이루어질 수도 있다는 위로의 주문이었다. 이럴 거면 헤밍웨이를 따라 먼 곳으로 떠나는 편이 낫겠다.

137

5시, 꼭두새벽부터 이어지는 어머니의 하루.

어김없이 오늘도 카카오톡이 울린다.

"사랑하는 딸아. 환자들에게 최선을 다할 것. 오늘은 좀 추워, 옷 따뜻하게."

어머니의 시계는 어디서부터 멈춰 있는 걸까.

　에드 시런이 'Shape of you'라는 노래로 한국에서 꽤 유명세를 타기 전부터 나는 그를 알았고 그를 좋아했다. 영국의 싱어송라이터 에드 시런의 기록을 찾아보니 이렇게 여리고 예쁜 감성이 묻어나오는 것에는 이유가 있을 법했다. Loving can hurt.(사랑은 상처가 될 수 있어요) Loving can hurt sometimes.(사랑이 때로는 상처가 될 수 있어요) 이런 가사와 같이 누구나가 가지고 있는 상처 같은 것들, 또는 아픔이 그의 가사에 그대로 드러나 있었다.

　어렸을 때 앓았던 망막박리로 흔들리는 두 눈동자와, 두꺼운 안경 그리고 친구들에게서 겪었던 따돌림, 여러 아픔을 딛고 지금의 에드 시런이 되었을 것을 생각하니 그의 가사가 왜 이렇게 절절하고 울렁거리는지 조금은 알 것 같았다.

　4월 어느 봄 날씨가 너무도 예쁘던 어느 주말. 행운 가득한 나는 그의 공연을 직접 볼 수 있었다. 공항 근처의 공원에서 공연을 했던 터라 비행기가 지나간 자국 위로 하늘길이 열려 있었다. 때마침 저녁노을이 지고 있던 찰나에 에드 시런이 한 말이 생각난다.

"오늘 한국 인천의 하늘이 참 아름답다. 이런 아름다운 하늘 아래에서 노래할 수 있음에 너무 감사하다."

사실 그때 그 시각의 그 풍경보다 에드 시런의 목소리가 더 아름다웠지만. 무엇보다 그는 말을 참 예쁘게 하는 사람인 걸 알았다.(그러니 이렇게 예쁘고 절절한 가사도 쓰겠지) 그리고 직업보다도 인생이 더 아름다운 사람이란 것도 알았다.

오롯이 그곳에

고등학교 1학년, 한복 교복을 입던 시절부터 나의 곁에서 한결 같이 나의 아픔을 달래 주던 P는 여전히 나의 곁을 지키고 있다. 예쁘장한 외모와 아름다운 성품을 지닌 P는 보잘것없다고 생각 하는 나에게 늘 장점을 하나하나 상기시켜 준다. 볼에 살이 많아 콤플렉스라고 생각하는 나에게 어려 보이는 동안의 상징이라고 위로를 해 주고, 피부가 좋은 사람이라고 늘 칭찬해 준다. 10년이 넘도록 나의 고민거리를 늘 불만 없이 들어주는 P에게 한없이 감 사하다. 남의 말을 들어주고 그에 따른 위로를 건네는 것이 얼마 나 힘든 일인지 잘 알고 있다. P는 늘 나의 편이었다. 핏줄이 섞인 가족이 아닌 남의 입장에서, 나의 편이 존재한다는 건 꽤나 행복 한 일이다.

중학교 시절 겪었던 작지 않은 아픔. 고등학교 시절 여전히 서 툴고 조금은 어려웠던 친구관계는 P 덕분에 많이 변해 갔다. 교복을 벗고 성인이 되어서도 더 당당하고 단단해질 수 있었다. 새벽 4시에 전화를 걸 수 있는 친구라면 중요한 친구라는 마를린 디트리히의 명언처럼 P는 새벽녘의 초승달이 밝게 비춰 오는 시간에도 생각나는 소중한 친구였다.

찬란하고도 빛나던 20대의 어린나이를 늘 함께했던 우리는 이제 삼십이라는 숫자를 마주하고 또 기다리고 있다. 얼마나 더 행복한 날들이 기다리고 있을까. P와 함께 걸어간다면 더욱더 기다려지는 나이이다. 지금까지 살았던 인생에서 반절이 조금 안되는 시간 동안 늘 곁에 머물러 주었던 봄빛 같은 P에게 이렇게나마 감사한 마음을 전하고 싶다.

보고 있지? 너의 페이지는 이 페이지야.

가끔의 게으름이 부른 결과는 참담했지만 글 쓰는 일은 여전히 좋다. 일을 마치고 침대에 널브러진 채 하루의 기억을 곱씹기에 나는 너무나 지쳤었다. 노트북의 검은색 키보드만이 가끔 여러 위로를 건넸지만, 그마저도 가끔은 지칠 때가 있었다.

언제부터였을까. 마음의 글자를 하얀 원고에다가 옮기어 두고 싶었다. 하지만 그러한 타이틀을 갖추기엔 나는 턱없이 부족한 사람이었다. 다른 작가들의 책 한 권 한 권 속에 짙게 녹아든 깊숙한 울림들은 내가 감히 들추기엔 너무 묵직하고도 깊었다. 어떤 책은 내면을 깊이 헤아리고 싶어 열 번도 읽고 더 읽었던 적도 있다. 그만큼 책은 나에게 거대한 존재였을지도 모르겠다. 감성 어린 생각을 자꾸만 상기시키고 손바닥만 한 작은 수첩에 토해 내려 했던 것은 그때부터였을지, 그 전부터였을지, 아니면 그 이후부터였을지 도무지 모르겠다. 국어선생님께서 나를 교무실로 따로 불러 국어국문학과를 추천해 주셨을 때도 아무런 생각 없이 그냥 넘겨 버릴 정도로 나는 사실 9년이 지난 지금의 내가 어색하다. 한 권의 책을 만들어 낼 수 있는 작은 내가 되었음에도 아직 갈 길이 멀다는 것도 잘 알고 있다.

긴 호흡으로 준비한 나의 소중한 활자들이 누군가에게 작은 꾸러미의 선물이 될 수 있을지도 적지 않은 의문점이 든다. 글을 쓰는 지인 E는 내가 나의 글을 누군가에게 지적당해 아파할 때 그건 어디까지나 타인의 경험으로부터 비롯된 시각이니 부디 아파하지 말라고 다독여 줬다. 어쩌면 지금 나의 글을 읽고 있을 E에게 너무도 감사하다. E가 아니었으면 나는 도중에 글 쓰는 일을 포기할 뻔했으니까.

지금 내가 품은 것들에 대하여 말하고, 사람들에게 말해 주고, 혹은 나에게 말해 주고 싶은 것들을 적다 보면 그것이 원고라고 불리는 것이 되고, 한 권의 책이 되고, 사람들에게 읽히고, 또 누군가에겐 위안이 되는 선순환은 어쩌면 계속될 거라고 믿어 의심치 않는다.

내가 부족하게 적어 내려간 글을 읽어 주는 사람들의 표정이 부디 기쁘게 헝클어지기를 간절히 바라 본다.

하얀 바탕 속 맨 도화지에 연분홍색을 묽게 물들인 글이 오랜 시간을 거쳐 이제 꽃을 피웠다. 조금 오랜 시간 물들인 감이 없지 않아 있지만, 꽃봉오리로만 맺히지 않고 아름답게 피어났음에 감히 기쁘고 감사하다.

아름다운 동화 같은 인생이 지속되지 않을지언정 삶의 한 획을
글 속에라도 아름답게 남기어 두고 싶다.

그리고 나의 엄마 사랑해요.

오롯이 그곳에

ⓒ 변미진, 2020

초판 1쇄 발행 2020년 5월 1일

지은이   변미진
펴낸이   이기봉
편집   좋은땅 편집팀
펴낸곳   도서출판 좋은땅
주소   서울 마포구 성지길 25 보광빌딩 2층
전화   02)374-8616~7
팩스   02)374-8614
이메일   gworldbook@naver.com
홈페이지   www.g-world.co.kr

ISBN   979-11-6536-322-2 (03810)

이 도서의 국립중앙도서관 출판예정도서목록(CIP)은 서지정보유통지원시스템 홈페이지(http://seoji.nl.go.kr)와 국가자료공동목록시스템(http://www.nl.go.kr/kolisnet)에서 이용하실 수 있습니다. (CIP제어번호 : CIP2020015251)